致青春 009

我的妄想症男友

〈下〉

葉子　著

高寶書版集團

目錄
CONTENTS

第八章 「賢妃」

「哦，心理醫生是泥瓦匠嗎？人多力量大是吧？那你們全診所都過來，是不是我們家少爺明天就好了？」

1

一個杏眼圓睜，雙手叉腰，一個鼻孔大張，雙臂抱胸——教科書級別的對峙場面。

羅開懷看看這個，又看看那個，揉揉眼睛，再揉一揉：「Linda，桃子，你們怎麼在一起？」

「你認識她？」

「你認識她？」

兩個人異口同聲，四道目光齊齊射來，盯得羅開懷生生打了個冷顫。「我……對啊，認識啊。」

「她是誰？」

「她是誰？」

稍加研判，她終於明白發生了什麼。一定是桃子有事來找她，Linda也剛好上門報到，兩人冤家路窄碰到了一起，大概在門外就已經吵過一架了。至於吵架的原因，氣場不合，分分鐘都能吵起來，還要原因做什麼？

她暗暗嘆了口氣，先讓兩人進來。

「Linda，這是我朋友桃子；桃子，這是我同事Linda。」

Linda保持著雙臂抱胸的姿勢，翻了個白眼：「哼！」

桃子立刻又瞪大眼睛：「哎！你哼什麼哼？是心理醫生就明說嘛，鬼鬼祟祟，像個賊一樣！」

「你說誰像賊？！你不是也一樣死活不說自己是誰？還有你，羅開懷，你把病人家裡當成什麼地方？怎麼能隨便讓些亂七八糟的人進來？」

「你說誰亂七八糟？」

「就說你啊！」

「哎哎哎，好了，好了，你們兩個有話好好說。」

基本已聽明白兩人在外面為什麼吵架，眼看文鬥就要升級到武鬥，羅開懷急忙把兩人分開。

「那個，桃子，你先在外面等我一下，我和 Linda 有工作上的事，稍後再回來找你。」

桃子張了張嘴巴，終於氣哼哼地點了點頭。Linda 翻了個勝利的白眼，趾高氣揚地向院內走去。

羅開懷邊走邊回頭看了桃子一眼，心中升起一絲隱隱的不安——桃子不會無緣無故突然來找她，剛才要她等一會兒，以桃子的性格，如果事情簡單，一定抓著她說完就走，現在竟然肯忍著 Linda 的白眼等待，說明一定有大事情。

難道家裡又出事了？沒接到爸爸和弟弟的電話，應該不是家裡的事吧。那……會是什麼呢？

2

「又來一位？」

Dave正在一把搖椅上閉目養神，聞聲睜開眼，上上下下打量著Linda，打量了足有半分鐘，這才開口：「我說，你們心理診所到底把我們朱家當什麼地方？療養院？度假村？一個接一個地往這裡來，我們朱家雖然房子大、房間多，可也恕不對外開放好嗎？」

羅開懷早料到Dave這關難過，正要解釋幾句，誰知Linda受不了這份氣，當下就急了。

「哎，拜託你先搞搞清楚好嗎？我是委託人請來的心理醫生，是你們好求歹求請我來的！不然你以為誰稀罕來？」說著又翻著白眼四下瞧了一番，「還有啊，這房子倒是挺不錯，不過也請你先擺正自己的位置，別一口一個『我們朱家』，說到底，你也不過就是個給人打工的小助理而已。」

Dave氣得又瞪眼睛又握拳：「沒錯，可我這個小助理偏偏有權決定你的去留，少爺這裡不需要你，還請你哪裡來回哪裡去。」

「你！」

「哼！」

羅開懷哀嘆一聲，暗想今天到底是什麼日子。

「Dave，這件事確實是診所臨時決定的，」羅開懷解釋說，「不過我們所長也是一片好心，希望多一個人多一份力，早一點讓你們家少爺康復。」

「哦，心理醫生是泥瓦匠嗎？人多力量大是吧？那你們全診所都過來，是不是我們家少爺明天就好了？」

羅開懷也被懟得沒話說，暗想這娘娘腔這麼牙尖嘴利。

倒是 Linda 哼笑道：「你這小助理，雖然人不討喜，腦子倒是有幾分的。沒錯，我們心理醫生的工作呢，的確不是人多力量大，所以我今天不是來幫羅醫生的忙，而是取代她。你聽好了，從今天起，我，Linda，就是你們家少爺的主治醫生，羅醫生只會適當地配合我工作。」

Dave 輕蔑且完全不信地哼了一聲，以眼神示意羅開懷：說回去啊。

他和羅開懷本談不上什麼交情，可是因為有了這個更討厭的 Linda，他自然便站在了羅開懷一邊。

羅開懷卻一言不發地點了點頭。

之前接到秦風電話通知的時候，她只是很不喜歡這個安排，如今才真切地感到胸口悶悶的，心裡說不出地難過，就好像一個你很在乎的人需要你的說明，而你卻什麼都做不了。

說起來，這件事因她昨天帶朱宣文外出而起，也怪不得別人，可是如果昨天不外出，他們便去不了遊樂場，去不了遊樂場，便做不了那個遊戲，而不做那個遊戲，她便不會有那個驚人的發現。

雖然所謂發現，也只不過是她自己的猜測，但那又有什麼關係？她又不需要向任何人證明，只要她自己相信就夠了。

忽然有種宿命般的感覺，好像那個夢，還有他以及他們的祕密，長久以來一直都在那裡，等著她去發現，也一定會被她發現。如果是這樣，那是不是無論昨天他們是否外出，她都會發現這個祕密？而Linda若要來，也無論怎樣都會來？

羅開懷陷入沉思，感覺腦子裡亂亂的，又好像什麼都沒在想。

Dave等了許久，不見她再有什麼反應，恨鐵不成鋼地嘆了嘆，又眉目一轉，笑著對Linda說：「既然是這樣，那少爺以後就請Linda醫生多費心了，只是有一句話呢，我還得說在前頭。」

「哦？」

「我們家少爺病得不輕，您這個主治醫生啊，說到底，還得過了少爺那關才算數，要是少爺不接受，不管您是委託人請來的，還是診所派來的，都一樣得回去。」

Linda氣得咬緊牙齒，轉而視線掃到羅開懷，又笑了：「那有什麼問題？羅醫生能做到的，我當然更沒問題。」

「那就請先隨我來，我帶您熟悉一下情況。」

Dave笑得眉目舒展，只是落在羅開懷眼裡，卻分明有種似曾相識的感覺。想當初自己初來乍到，Dave看自己，眼裡不就閃著這種光？這麼說，他當時並不是針對我，也不是受了什麼人的指使，只是就有這麼個捉弄新人的愛好？

Linda 帶著勝利的驕傲隨 Dave 而去，羅開懷看著她的背影，一邊祝她好運，一邊莫名其妙有點輕鬆。

3

桃子並沒有等在原地，確切地說，是不見了。羅開懷到處找，不得已喊出聲來。

「桃子！桃子！桃……啊——」

一隻沾了灰泥的手突然從假山縫裡伸出來，彷彿恐怖片裡嚇唬人的鏡頭。桃子把另一隻手也伸出來，又費力地擠出大半個身子，抓了抓蹭亂的短髮。「叫什麼叫，你嚇死我了！」

「是你嚇死我了，好好的你鑽什麼假山？」

「我查看地形啊。」桃子整個人都鑽出來，又四下看了看，神秘兮兮地說，「我告訴你啊，我這次可是帶著任務來的，這個朱家有鬼。」

「有鬼？！」羅開懷又一驚，刹那又是一層虛汗。

「噓！不是那個鬼，是存在犯罪的意思。上次我們在朱家不是遇到兩個殺手嗎？」

「對啊，」羅開懷瞪大眼睛，「你查到他們的身份了？」

桃子有些訕訕：「那倒沒有，不過憑藉我敏銳的直覺和過人的天賦，我很快就找到了另一個突破口。」

「什麼？」

「朱宣文。你不是說，他這個病是一場車禍引起的嗎？我去查了那場車禍，覺得很有貓膩[1]的味道。」

「貓膩？什麼意思？」

「在那場車禍中，肇事司機是酒駕、全責、當場死亡，事後朱宣文這邊也沒有要求民事賠償，所以當時就按普通交通肇事結案了。可是前幾天我查了一下肇事司機的情況，發現事情似乎有點不對勁。」

「哪裡不對勁？」

「肇事司機事發前兩個月已經被診斷得了癌症，他也因此辭了卡車司機的工作，可就在辭職兩個月後，他又突然回到原公司，說是醫院誤診，希望公司能再收留他。當時剛好公司缺人，便讓他回去了。」

「那真的是醫院誤診嗎？」

1 貓膩：有不可告人的隱情。

桃子搖頭：「這個已經無從得知了，他回去後第二天就發生了那場車禍。」

羅開懷張大了嘴，卻沒發出聲來。

「我原本還想去他家裡查一下，可是發現他的家人已經搬走了。據鄰居們說，他們家經濟狀況不好，幸虧車禍後傷者沒有要求經濟賠償，可是不知為什麼，他們還是突然悄悄搬走了。」

「突然悄悄搬走了……」羅開懷下意識地重複這句話，一下子覺得脊背發涼，「有這麼明顯的疑點，警方為什麼只按普通交通肇事結案？」

桃子嘆了嘆：「當時那麼結案也很正常，如果每一起交通肇事案都像我這麼查，現在員警的人數再增加十倍也不夠。」

那倒也是。羅開懷想了想，又問：「那現在呢？現在你已經找到了疑點，警方難道不應該展開調查嗎？」

「當然要查，我今天來正是為了這件事。你想想看，如果那場車禍是人為的，那麼後來的殺手會是誰派來的？如果有第一次、第二次，誰能保證沒有第三次？」

羅開懷猛然掩住口。她側身看向園中，遠處花樹小亭，近旁水清池靜，偶有微風吹來，水波粼粼泛著微光，一眼看去如此美麗的地方，沒想到竟然是雲譎波詭、殺機暗藏。

頭上烈日灼灼，全身卻只覺寒意森森。

「那……怎麼辦呢？」

「你也別太害怕，」桃子安慰說，「TR集團好歹是市裡的大企業，上面也不希望朱宣文出事，所以很重視這個案件，這次派我過來，就是讓我借助你閨密的身份潛伏在朱家，一方面保護朱宣文，一方面調查案情。你當務之急，就是趕緊想個辦法，幫我名正言順地留下來。」

羅開懷吃驚：「這麼說，你也要留下來？」

「……也？」

她嘆了嘆，把Linda也要留下來，還有剛剛Dave的反應告訴了她。

桃子聽後皺了皺眉。「那這樣說來，我留下來恐怕有困難呢，」又想了想，「沒關係，如果實在不行，我回去和隊長說一下，我們再想別的辦法。」

「不，桃子，不管用什麼辦法，我一定幫你留下來。」

就算搞不定Dave，她自信還是能搞定朱宣文的。想到這裡，心裡忽然泛起酥酥暖意，就好像有那麼一個人，你知道無論向他提什麼要求，他都會答應你。

4

「納妃？」

朱宣文眉心上揚，一支毛筆懸在硯臺上方，身側窗扇半開，有風吹進，帶起一陣墨香。羅開懷笑一笑，知道他定然是不會同意的，便清了清嗓子，打算講準備好的說辭。

「准奏。」

「……呃？」

他說完便又聚神在宣紙上，蘸飽了墨的筆尖如有神韻，須臾，一簇墨竹躍然紙上。竹子清秀挺拔，宛若那隻握筆的手。她盯著那隻手出了會兒神，點點頭，施了一禮。

「是，那臣妾這就去安排。」

「等一等，」他忽然側過臉，笑得神秘莫測，「朕准奏，愛妃似乎感到意外？」

「不敢，人說君心難測，臣妾從不敢費力揣摩皇上心意，又何談意不意外？」

他笑得更濃了，乾脆把筆放下：「都說女子不宜善妒，朕倒覺得，愛妃醋海翻騰的樣子，甚是惹人憐愛呢。」

一個男人，什麼時候最可惡？就是像現在這樣，明知道你不高興，也知道你為什麼不高興，他卻仍堅持他自己的趣味，把無聊當有趣。

「皇上若是沒有別的事，臣妾這就去幫您選妃了。」羅開懷看也不看他地說，「爭取多選幾個，到時候不管皇上想看醋海翻騰，還是雞飛狗跳，都保證讓您看得到。」

說罷再不理他的反應，「噔噔噔」地跑出去下樓。

5

傍晚的避暑亭分外涼爽，朱宣文穿一身日常錦袍，搖著一把摺扇坐在藤椅裡，帥得漫不經心又光彩奪目，像極了古裝劇裡的風流敗家子。

羅開懷站在他身後，深深驚訝於人和人的差距竟能如此之大。記得她剛到朱家的第一晚，Dave 捉弄她讓她給朱宣文跳舞，短短幾曲幾乎舞盡了她一輩子的尷尬，真是現在想想都替自己臉紅。

而 Linda 呢，她簡直懷疑是老天爺特地派來羞辱她的。一曲《傾國傾城》舞得千嬌百媚，粉色紗裙搖曳多姿，襯著一池碧水，宛若一朵盛開的粉蓮。舞罷，又恰到好處地軟倒在朱宣文膝前，杏核眼投來蕩漾水波，眼神比舞姿更撩人。

「哈哈，妙！」朱宣文把摺扇一收，笑眯眯牽起那柔若無骨的手，「舞妙，人更妙！羅妃，你是從哪裡給朕尋來這麼個妙人啊？」

「臣妾哪有那麼大的本事？」羅開懷淡淡地說，「是人家自個找上門來的。」

「那就是老天爺賜給朕的了，」朱宣文笑意不減，「戴公公，傳朕的旨意，收這位姑娘入宮，封為賢妃。」

Dave 面無表情地應了，第一次表現得沒那麼狗腿。Linda 喜氣洋洋地謝恩，向羅開懷投來勝利的一瞥。羅開懷看著她，忽然從那雙眼中看到一個荒唐的自己。

說到底，自己和Linda都只不過是他的心理醫生，Linda的全力討好是可笑，可自己的醋海翻騰，難道就比她好半分？不過是一起住久了，整天皇帝妃子地扮著，生出些錯覺而已。他陷在錯覺中是正常，可自己的工作就是把他喚醒，怎麼竟拿著錯覺當感情，吃起醋來了呢？

人總是對別人的錯誤明察秋毫，輪到自己，就選擇性地視而不見，真若對比起來，才會發現一樣都是靈長類哺乳動物，誰又能比誰好多少？

她從Linda那裡收回目光，淡淡地說：「皇上，還有一位佳人待選，可要繼續？」

朱宣文興致盎然地點頭，目光卻在水亭中探來探去，明明幾次掃過桃子，卻像沒看見一樣，轉而疑惑地問：「還有佳人？在哪裡？」

羅開懷指一指桃子，朱宣文卻更加疑惑：「她？」

Linda掩面笑出聲來。羅開懷雖心有憤憤，不過也確實為桃子捏著把汗。今天下午，本來對羅開懷「留閨密小住幾天」的請求Linda是堅決反對的，羅開懷軟硬兼施都沒辦法，最後索性提出「選妃」時讓朱宣文自己決定，本來也就是隨口那麼一說，誰知Linda一聽，竟然一口答應了。

當然，她也知道並不是Linda突然改了主意。桃子一頭男人似的短髮，身材健碩，皮膚又黑，雖然五官還過得去，可是和Linda這種妖精美女一比，任誰也知道沒什麼勝算，Linda答應讓朱宣文來決定，不過是想找個機會羞辱桃子罷了。

而朱宣文也真是不負她所望。

羅開懷提著一顆心，給桃子一個「別怕，加油」的眼神。桃子怯生生地點了點頭，扭扭捏捏地走過來。真是戰場英雄舞場怯，徒手能對付持刀歹徒的女刑警，此刻上陣卻怕得像個小姑娘。

「那個，皇上，我不會跳舞，就給您表演一套拳腳行嗎？」

「……」

朱宣文半晌無語，羅開懷越發尷尬，Linda在一邊掩嘴竊笑，只有Dave眼睛一亮。

桃子只當得到默許，當下開練。左勾拳，右踢腿，一套拳腳倒也練得十分颯爽，只是最後一組連翻，本想穩穩站在亭邊欄杆上，誰知沒站穩，撲通一聲跌入湖裡，再出水時，一張花臉頂著幾根水草，這下連羅開懷都忍不住笑起來。

桃子慘兮兮地爬上岸，一副「我把事情搞砸了」的可憐模樣。羅開懷想著該幫她說幾句話，只是尚未想好說辭，倒是朱宣文先開了口。

「愛妃，你與朕相處日久，當知朕並不貪戀美色，此次選妃一人足矣，要不這一位就算了吧？」

羅開懷略一思索，點頭說：「皇上說得對，美色過度難免魅惑君心，那就只選一人吧。」

朱宣文微笑著點頭。

「可是臣妾以為，賢妃娘娘貌美如花，正是極有魅惑君心的危險，如果只選一人，不如就選桃子姑娘？」

「……朕又一想，厚此薄彼，難免傷了人家姑娘的感情，還是兩位都留下來吧。」

哼！

6

晚風吹進亭子裡，空氣中帶著潮濕。

Dave目送羅開懷帶Linda和桃子走遠了，這才問：「少爺，您到底是怎麼想的？您明知她們兩個都來者不善，還把她們都留下來，是嫌咱們現在的麻煩不夠多嗎？」

朱宣文也看著她們的背影，直到三人消失在轉角花叢邊。

「你看不出來嗎？那個女警是帶著任務來的，我不留她，她一樣有別的辦法監視我們。」

「有任務？」Dave撓了撓頭，「什麼任務？」

「一個刑警，長期不上班，住到我們這裡，你用哪兩個字解釋這種行為？」

Dave思索一會兒，一拍腦袋：「臥底！是她的上級派她來的！哦，一定是上次的殺手引起了她的注意，她是回來查案的。」

「也許她已經查到了什麼。」

Dave深以為然地點頭：「留下她，可以震懾那個人，其實是於我們有利的呀……可是少爺，那為什麼一開始您還要讓她走呢？」

「你記著，當你越是想給別人一樣東西，就越是要讓他覺得好像得不到，這樣他才會珍惜。」

Dave若有所思地想了想，似乎還是沒太明白，又問：「那Linda呢？她可是診所派來的，而且一看就知道沒有羅醫生那麼笨。」

朱宣文嚴肅地斜睨他。

「呃……那麼好對付。」

朱宣文這才收回目光，冷笑說：「藥這麼久沒見效，那個人急了，留下她也好讓他寬寬心。」

「可她一定是帶著手段來的，少爺，您自信對付得了她嗎？」

朱宣文再次斜睨他。

「能！」Dave馬上改口，「一定能！我們少爺是誰？治得了我們少爺的人，在這個世上還沒出生呢。」

朱宣文這才笑了，搖著摺扇望向一池微波：「況且她人長得也不錯，又會討人喜歡，多個妃子多熱鬧，你不覺得之前我們這宅子太過冷清了嗎？」

「那您不怕羅醫生吃醋？」

朱宣文朝他勾勾手指，示意他靠近些：「你知道女人什麼時候最可愛嗎？」

「……」

「吃醋的時候。」

Dave苦思冥想一會兒，終於醍醐灌頂似的頓悟道：「哦！少爺，我明白您的意思了。」

「你明白什麼了？」

「您剛剛說的話呀，當你越是想給別人一樣東西，就越是要讓他覺得好像得不到。」

一陣微風拂來，朱宣文忽而收了手裡的摺扇，定定看著他。

Dave被看得一陣忸怩，抬手摸摸右臉，又摸摸左臉：「那個，少爺，我臉上有什麼東西嗎？」

他收回目光，唇角勾起一絲愉悅，轉身離開亭子揚長而去。「沒有，只是覺得你說得很有道理。」

Dave又困惑起來：「明明是你說的呀……我……我說什麼了？」

7

人丁興旺，羅開懷第一次明白，古人喜歡這四個字，真是有著實實在在的道理。

餐廳還是一樣的餐廳，燈光也是一樣的燈光，就連晚餐都是同一家私房菜館送來的，就因為多了兩個女人，整個晚餐的氣氛就完全不同起來。

朱宣文端坐正中，左首坐著羅開懷，右首坐著Linda，桃子和Dave侍立兩邊。

關於桃子為什麼會侍立呢，是因為原本在水亭裡，朱宣文已經答應了封她為妃，倒是桃子自己不願意，堅持說自己表演有失，不配受此重封，只要做個宮女侍奉皇上就好。羅開懷知道她任務在身，宮女的身份便於她假借打掃之名四處查探，便也未再替她說話。而Linda則一副獲勝者模樣，彷彿真的擊敗競爭者榮升了寵妃。

「皇上啊，這個高麗參湯是最補人的，不涼不燥，剛好溫補，皇上嚐嚐？」Linda一邊說，一邊替朱宣文盛了一碗，玉白雙手軟糯糯地遞過去，兩瓣紅唇在燈光下明媚豐盈。

羅開懷記得晚餐前她的口紅是沒這麼精緻的，顯然是補過妝了。餐前補妝，也真是……不過立刻想起自己幾小時前的醋海翻騰，馬上提醒自己，不要五十步笑百步。

朱宣文正要接，Linda忽然雙手一頓，又笑瞇瞇地拿了回去。

「臣妾餵給您喝。」說著盛了一湯匙，放在唇邊吹呀吹，再送到朱宣文嘴邊，「皇上，小心燙。」

桃子以手掩口，做了個想吐的姿勢；Dave雙手抱臂，冷得要打寒顫；羅開懷提醒自己不要入戲，低下頭去大口吃飯。

「愛妃，吃白灼雞為何不蘸醬汁啊？」

羅開懷一愣，這才發現自己正叼著一塊沒滋沒味的水煮雞肉，抬頭，正撞上朱宣文那一臉氣人的笑容。

高麗參湯見效快，補得容光煥發了是吧？

他夾了一塊雞肉，蘸了醬汁遞過去：「這樣才好吃。」

「不必，」她一筷子擋回去，「我就是喜歡不蘸醬汁。」

他筷子懸在半空，一時無措。

倒是Linda笑瞇瞇地替他解圍：「皇上，羅妃娘娘是想品嚐食材本身的味道呢，您就別攔著她了。」說著俯身過來，一股腦替她夾了一大堆水煮雞肉，又把醬汁拿走。「羅妃娘娘，你愛吃就多吃一點，這個醬汁你不喜歡，就不放在你那裡礙眼了。」

如果眼神能吃人，桃子幾乎要把Linda生吞了。羅開懷卻是自己說出去的話，再氣也只能自己吞，她夾起一塊雞肉，用力一口咬下去。

朱宣文終究收回了筷子，Linda又盛了一匙湯：「皇上，這湯不燙了，您再喝點。」

「哦，好……要不，羅妃也嚐嚐？」

「你們喝吧，我不愛喝。」

「羅妃娘娘，這就是你不對了。」Linda嗔怪地說，「皇上叫你喝的東西，你怎麼能不喝呢？拒絕皇上的好意，就是對皇上不敬，第一次皇上不計較，你竟然又拒絕第二次？皇上，臣妾以為羅妃該罰。」

朱宣文看看羅開懷，又看看Linda，緩一會兒笑著說：「算了算了，用個晚膳而已，兩位愛妃想吃什麼就吃什麼，朕不再干預了。來，吃吧，吃吧。」

羅開懷被氣得沒胃口，索性把筷子放下：「賢妃說得對，臣妾是該受罰，皇上儘管按律法處置，就算被逐出宮去，臣妾也絕無怨言。」

熱鬧的餐廳，突然就這樣安靜下來。這世上最難搞的關係，不是殺氣騰騰的戰場，也不是雲譎波詭的商場，而是兩種女人之間的關係：婆婆和媳婦、媳婦和媳婦。前一種偶爾還有解，後一種，上下幾千年都無解。

朱宣文也沒了主意，尷尬好久，最終是Dave出來打圓場。

「那個，奴才以為，既然羅妃自願維護宮中律法，適當地罰一下也未嘗不可。」

朱宣文斜睨他。

「不過，逐出宮去當然是不至於，不如就罰……給皇上揉肩怎麼樣？」

朱宣文眼睛一亮，微笑著投去「機智如你，不愧是我的好Dave」的眼神，又小心翼翼地轉頭問：

「不知愛妃可願意？」

羅開懷看了他一會兒，忽而笑說：「臣妾願意。」

那笑容挺好看的，只是不知為什麼，朱宣文看著就覺得心裡有點毛毛的。當然，沒過多久，他就知道為什麼自己會有這種感覺了。

他從來沒想過，一個女子會有這麼大的力氣，一上手，幾乎要把他的肩膀捏斷似的，疼得他忍不住哼了一聲。

「皇上，疼嗎？」羅開懷手上奇狠，聲音倒是柔柔的。

「哦，不疼不疼，舒服得很，」他咬牙挺著，還笑了笑，「愛妃捏得好極了。」

「可是人家說，要疼一點才對身體有好處的，那臣妾再用點力氣。」

「啊！」

「疼了？」

「……呃，是有一點，愛妃可否輕一些呢？」

「皇上，醫家講痛則不通，痛了就是有病，臣妾要再用些力氣才行。」

「……啊！」

一陣揉捏下來，待羅開懷收了手，朱宣文已癱靠在椅背上，頭上汗珠涔涔，Linda 拿出一條真絲手帕，心疼地替他擦著。

「皇上，羅妃用力也太重了，雖說醫家講痛則不通，可儒家還說欲速則不達呢，她出手這麼重，萬一傷了龍體可怎麼辦？臣妾以為，還是要罰。」

「啊不不不！」朱宣文一聽「罰」字，急忙擺手，「賢妃有所不知，羅妃方才的力度不輕不重，實則按得朕通體舒服，絕不該罰，若論起來，該賞才對。」說完想了想，吩咐 Dave 說：「戴公公，去取暹羅國進貢的翡翠鐲子來，賞給羅妃娘娘。」

Dave 略一思索，痛快地應了，一轉身出了餐廳，不一會兒，竟然真拿了一隻翡翠鐲子回來。

Linda 發出輕輕的一聲「啊」，羅開懷也著實驚訝了一下。明亮燈光下，那只手鐲瑩潤似水，碧綠通透，鐲身瑩瑩反射著燈光，恰似碧水微瀾。羅開懷雖不懂得翡翠，可也知道商場裡隨便一隻翡翠手鐲也要上萬元的，這一隻這麼完美，完全超出了她的估價能力。

Dave 幾步走到她面前，笑著把鐲子遞給她：「羅妃娘娘，這是皇上賞你的，快拿著吧。」

第一反應當然是不能收，只不過待要推辭，卻又瞥見 Linda 那雙幾欲撲上來的眼睛，忽然就改了主意。「臣妾謝皇上。」她笑吟吟地施了一禮，接過鐲子戴上，又伸出手腕晃了晃，「呀，真好看呢。」

Linda 臉若冰霜，羅開懷就故意把手鐲向她那邊伸了伸：「賢妃，真沒想到受罰還能罰出個賞賜來呢，你快幫我看看，好看嗎？」

Linda 冷冷地扭過臉去。

真爽！她知道自己不該這麼做，可該不該是一回事，想不想卻是另外一回事。他們做心理醫生的，常勸病人要遵從本心，如今自己遇到煩心事，當然要身體力行。

Linda 臉色五彩變幻，幾乎可以開染坊，最後終於吞了下口水，朝朱宣文笑著說：「皇上，其實說到按摩呢，臣妾入宮前也曾學過一些的，不知今日皇上能否也給臣妾一次機會，讓臣妾試一試呢？」

桃子發出一聲響亮的嗤笑。朱宣文遲疑了一下，似乎還對剛才的疼痛心有餘悸，不過Linda那張笑臉又似乎實在魅力巨大，他看了她一會兒，終於笑說：「如此，那朕今日有福了。」

的確是有福，因為Linda是真賣力。揉推按捏，看著是一雙手在動，其實全身都不曾鬆懈，朱宣文舒服得閉目養神，羅開懷看在眼裡，又覺得嘴唇一陣疼。

「皇上覺得怎麼樣？」Linda按摩完笑盈盈地問，眼中光芒自不必說。

朱宣文轉了轉頭，傻瓜也看得出是真舒服。「妙，實在是妙！」

「比羅妃娘娘如何呀？」

「自然是比羅妃好。」朱宣文閉目養神地說著。

「那……」

朱宣文睜了睜眼，這才恍然大悟似的：「哦，對對對，賞，朕要重重地賞！」

Linda笑得合不攏嘴，羅開懷牙齒咬得生疼，直接將鐲子摘下來：「皇上，既然賢妃做得比臣妾更好，這賞賜不如就給她吧，臣妾領受不起。」

朱宣文張了張嘴，Dave忙說：「羅妃娘娘糊塗了嗎？皇上的賞賜豈可退回？」

「戴公公說得對，羅妃不必愧疚，」朱宣文把話接過來，「況且賢妃既然做得更好，賞賜也該更重才是，一隻鐲子只怕是太輕。」

這還太輕？Linda緊張而期待地抿著唇，什麼都忘了說。

朱宣文認真思索一會兒，開口說：「這樣，賢妃啊，朕就賜你世襲的爵位，可保賢妃一家代代榮華。」

「噗！」桃子直接笑噴。

Linda一張期待的臉直接凍住，愣在那裡不知該如何反應。

朱宣文疑惑地問：「怎麼？賢妃是對這賞賜不滿意嗎？」

「啊，臣妾不是不滿意，只是世襲的爵位太重了，臣妾只是給皇上揉個肩而已，哪裡受得起這樣的重賞？」

「嗯，也對，」朱宣文又想了想，說，「那朕給你換一樣吧！」

Linda嘴上說著不必不必，眼中還是再次放出光芒。

「戴公公，去取免死金牌一枚，賜給賢妃。賢妃，這免死金牌可保你一家世代平安，你就不要再推辭了吧！」朱宣文笑呵呵地說著，把Linda滿腹推辭都堵在了嘴邊。

Linda都快氣哭了。Dave會意地領命，高高興興地轉身而去，不一會兒，竟然真的拿著一枚金燦燦的圓牌進來。那圓牌的樣子太有特點，以至所有人都遠遠地就看出了那是塊巧克力。

「賢妃娘娘，您的免死金牌。」Dave笑瞇瞇地說。

桃子站在後面，也抿嘴笑說：「賢妃娘娘，你的賞賜可比羅妃的貴重多了呢，還不快謝恩？」

Linda 冰著一張臉哼道：「謝皇上。」

桃子對羅開懷眨眼睛：解氣吧？

羅開懷則對她搖搖頭。其實她也不知道自己為什麼搖頭，或許是覺得沒什麼氣可解吧，雖然在常人眼中 Linda 是輸了，可是在朱宣文心裡，Linda 才是他要重重賞賜的那個人啊。她摸了摸腕間冰涼的鐲子，覺得如果可以，她寧願用這只鐲子換那塊巧克力。

可是莫名其妙地，她也並不覺得太失落，只是心中有種奇怪的感覺，她說不清這種感覺從哪裡來，代表什麼，以至於自己也拿這種感覺沒有什麼辦法。

Linda 收了巧克力，隨後便拿出一顆藥，微笑著說：「皇上，這是太醫院為您準備的延年益壽丹，每餐一顆，效用無窮呢。」

餐廳裡的空氣就莫名其妙靜了一瞬。

桃子向羅開懷投來疑惑的目光，羅開懷點點頭，示意這的確是該給朱宣文吃的。本來她給朱宣文停藥，也是出於對他保有前世記憶的猜測，並不十分確信該不該這麼做，如今既然 Linda 主導治療，她當然沒什麼可說的。

朱宣文拿起藥在眼前端詳一會兒，點點頭：「這藥朕吃了有一陣子了，效用的確不錯。」說罷接過水杯，痛快地一服而下。

Linda 愣了片刻，回頭若有所思地看向羅開懷。

秦風說之前用的不是這種藥，那朱宣文為什麼說，這藥他吃了有一陣子了呢？當然，一個病人未必分得清兩種藥的區別，他的話也不太可信。正思索著，忽聽Dave尖細悠長的聲音響起。

「起——駕——」

Linda猛然回過頭來，見朱宣文已經起身。

「皇上，晚膳還沒用完，這就要走嗎？」

「皇上何時走，何時留，豈容你一個妃子過問？」Dave拿出幾可亂真的大內總管架勢，震得Linda一時竟然未敢回嘴。

8

一主一僕前後離了餐廳，一時剩下三個女人，氣氛頓時微妙起來。

桃子故意瞥一眼Linda，抓起羅開懷的手臂，興奮地說：「喂，快把你的鐲子給我看看，剛才都沒看夠呢……哇，簡直是極品，親愛的，這個朱少爺對你可真是大方！」

羅開懷把手收回來：「什麼大方不大方的，又不能真收人家的東西，不過是做做樣子。」

桃子點頭：「也對，這麼貴重的東西，當然還得還給人家。」說著又笑嘻嘻地瞧向Linda：「不過賢妃娘娘就不一樣啦，一塊巧克力總不至於要還回去吧。哦，對了，那巧克力好像是個進口牌子呢，很好吃的，賢妃娘娘，你要不要現在就嚐嚐？」

Linda冷冷地睨她一眼，一甩手把巧克力扔過來，「噹」地砸在餐桌上。「喜歡吃送你。」說罷直接離開了餐廳。

羅開懷目送Linda的背影消失，有幾分無奈地說：「你什麼時候這麼會氣……」

「人」字還沒出口，回頭忽見桃子臉色不對，忙問：「怎麼了？」

桃子嚴肅得像換了個人，對她比個小點聲的手勢：「快跟我說說，那藥是怎麼回事？」

「藥？」羅開懷一愣，「哦，你說Linda拿的藥啊，那是抗幻覺藥，美國進口的，怎麼了？」

「你認識那種藥？」

「是啊，Linda來之前我給朱宣文吃過好幾天的……有什麼問題嗎？」

桃子微微皺了皺眉，猶豫著說：「我有一種奇怪的感覺。」

「怎麼說？」

「上次我們隊破獲一個投毒案，一個女白領毒殺了她的丈夫，我們一開始去她家調查的時候，那女白領給我的感覺，和剛才Linda給我的感覺特別像。」

「我還以為什麼事，」羅開懷長嘆口氣，「陶警官，我真誠地拜託你不要再職業病氾濫了好嗎？不管是投毒案還是你以前辦過的別的什麼案子，都和我們現在沒關係。」

桃子撓了撓頭：「我也知道沒關係，不過剛才 Linda 一拿出那藥，我也不知為什麼，忽然就想起了那女的。哎，那藥真的不會有毒嗎？」

「放心，那是我們所長為了他這個病特地從美國買的，再說我之前也給他吃了好幾天，要中毒早中毒了，可你看，剛才不還活蹦亂跳的嗎？」

「那倒也是。」桃子皺眉說。畢竟只是感覺，不能太拿來說事，可是想了又想，還是不甘心地問：「那……你以前每次都是親眼看著他把藥吃下去的嗎？」

「是啊。」羅開懷脫口而出，下意識地想起他每次吃藥時的情景。

第一次，他說要試毒，把她氣得不行，最後雖把藥吃了卻隨即出去了；第二次，是她遞的藥，Dave 遞的水，他轉身接過水杯，面向 Dave 吃了藥；還有那一次，他讓她把藥先放下，他喝完銀耳湯再吃，她便把藥放在他面前，再注意時，藥已經不見了……

羅開懷嘴巴越張越開。

「怎麼了？」桃子問。

「桃子，你說，要是這幾天，我確實沒有哪次是親眼看著他把藥吃下去的，這會不會是一種巧合？」

桃子用「你在說什麼」的表情看向她：「你不會是說真的吧？」

「就是說真的……會有這種巧合嗎？」

「當然不會有！」桃子立刻叫道，「你再仔細想想，真的沒有一次看著他把藥吃下？」

羅開懷怯生生的像做錯了什麼似的說：「除了第一次，後來每次我給他藥，他都很痛快地吃了，我看他那樣痛快，也就沒多想……」

桃子思索一會兒，壓低聲音說：「聽著，我猜這藥很可能有問題，而且我懷疑，朱宣文自己也知道藥有問題，他之前每一次都是在和你演戲。」

「怎麼可能？」羅開懷一下叫道，看到桃子的眼色，又壓低聲音，「之前最多算我疏於觀察，你這個猜測太離譜了！而且剛才那一顆，他不是當著我們的面吃下去了嗎？」

「可是他吃完藥，Dave就立刻宣佈起駕了，他飯還沒吃完，那麼急著走幹什麼？」

羅開懷遲疑了一瞬。這個她當時也覺得奇怪，只是沒多想，現在想來，難道是為了去把藥吐掉？

「可是，如果朱宣文吃藥是假裝的，難道病也是假裝的？這太荒謬了！」她也不知是說給桃子聽，還是說給自己聽，「我好歹也是個心理醫生，如果他一直是在我面前裝病，我會看不出來？哦，對了，還有秦所長，那藥是秦所長親手交給我的，怎麼會成了毒藥呢？」

說暗中有人想害朱宣文她信，可若說那個人就是秦風，這也太扯了吧？

桃子沉默一會兒，突然問：「那個藥，你還有嗎？」

「有啊，怎麼？」

「有個簡單的辦法，能清楚地判斷它到底是不是毒藥。」

9

羅開懷第一次對警察的辦事效率有了深刻的認識。

她原本以為桃子檢驗科的同事會第二天才來，沒想到半小時之內，人就已經到了牆外。桃子更是為了不引人注意，直接從二樓翻窗而出，沿牆攀爬而下，悄無聲息地落地，又藉著樹叢掩護，身影迅速消失於夜色中。

羅開懷臨窗俯視，不禁感嘆若是在古代，桃子也定是個不折不扣的女捕快。

今夜是一輪圓月，月光灑在園中，花樹水亭斂去了白日的華美，彷彿一個卸下濃妝的伶人，叫人驚訝於那厚重脂粉後竟然別有一番恬靜溫柔。羅開懷抬手把窗扇開大些，翡翠手鐲碰在窗框上，發出輕微的一聲「噹」。

忽然，彷彿有一絲奇異的感覺被悄然喚醒。這感覺她半個多小時前也曾有過，那時朱宣文賜給Linda世襲的爵位，又賜免死金牌，她在旁邊又好笑又吃醋，同時心裡升起的，就是這種感覺。

Linda是見她得了手鐲，也想占便宜，結果他既「重賞」了Linda，又羞辱Linda於無形，整套行為行雲流水，簡直堪稱完美。可問題就是太完美了，像是故意的一樣，而她又覺得他是病人，絕不可能是故意的，兩種想法在腦中擰來擰去，便是這種怪怪的感覺。

一陣涼風吹進，她整個人忽地戰慄了一下，腦中便有些東西清晰起來。

她想起他從Linda手中接過藥，那眼神很像是知道什麼的；還有他當時瞥向自己的目光，雖然只有短短那麼一瞬，可她還是感覺到了；再說，他吃藥之前說「這藥朕吃了有一陣子了」，他為什麼那麼說？是在向Linda暗示之前也在正常吃藥嗎？為什麼要暗示這個呢？

她不自覺地離開窗邊，在臥室裡走起圈圈來。

如果他真的是在向Linda暗示，就說明Linda已經在懷疑他之前沒有吃藥了，而自己明明給他吃了呀……除非他真的沒吃，而Linda又是怎樣知道的呢……藥有毒，而他沒有中毒反應！

明明沒有站在窗邊，卻分明感到一股涼風從脊背吹過。

藥是秦風給她的，Linda也是秦風派來的，若說懷疑，也是秦風在懷疑，而朱宣文那句話，也是透過Linda說給秦風聽。這麼說，秦風就是一直暗害朱宣文的幕後兇手？天哪，這實在太扯了。她晃了晃腦袋，想清除這荒謬的念頭。

可這念頭偏偏像一縷煙，你一晃它就散了，你一靜它又回來，嫋嫋飄升，不絕不休。

一切都基於藥有毒的猜測。羅開懷快步跑到窗邊，伸長了脖子張望，園子裡靜悄悄的，桃子還沒回來。她感到自己從沒像現在這樣渴望見到一個人。

肩上忽然被人拍了一下，她一驚，尖叫著轉過身來。

「看把你嚇的，我又不是鬼。」桃子笑嘻嘻地說。

羅開懷撫著胸口，嗔怪也顧不上：「怎麼樣？有結果了嗎？」

「我才剛把藥送走，哪有這麼快？」桃子瞧著她的神色說，「你臉色怎麼這麼差？發生什麼了嗎？」

「哦，也沒有。」羅開懷摸著臉頰，「那要多久才能出結果？」

「快則一兩天，最多三天。」

「那麼久？」

「很快了，這是檢驗成分，你以為是列印檔案，這邊按個鍵，那邊就印出來了？」

羅開懷自知心急了，不再說什麼。桃子眯起眼睛看著她，看得她心裡毛毛的。「你這麼看著我幹什麼？」

桃子盯了她許久，卻沒說什麼，只是掏出手機在她眼前晃了晃：「你要是真的心急呢，檢驗結果現在雖然沒有，不過這個，我相信你也會感興趣。」

「這是什麼？」

桃子在手機螢幕上劃了劃，舉到她面前，是一段錄音。

「你知不知道，人家今天在這邊受了多少委屈？一進門就被那個小助理奚落……」

羅開懷面露驚訝：「是Linda？你怎麼錄到的？」

桃子做了個「噓」的手勢，示意她接著聽。

「還算順利吧，不過我覺得羅開懷有問題……我懷疑她藉機跟朱宣文搞曖昧，然後從他身上撈好處。親愛的你知道嗎？他今天一出手就送她一個翡翠鐲子，起碼值好幾萬呢……別的倒還沒發現，可你真的不打算把她調回去嗎？哦……朱宣文也沒有哪裡不對勁啊……他一個精神病，當然哪裡都不正常，你到底想要問什麼？藥當然吃了呀，就是我看著吃的……之後他就回房間了，我也不知道他現在怎麼樣。喂！你這麼問是不信任我嗎？」錄音到此為止。

「之後便是些打情罵俏，卿卿我我，」桃子笑嘻嘻地說，「聽得我臉紅心跳的，就沒再錄。」

「你什麼時候錄的？怎麼錄到的？」

「就剛剛，我送完藥回來的時候，在假山後面，和她隔著一塊石頭。」

「你沒被她發現？」

「我最好的紀錄是跟蹤一個毒販三條街，追到他的窩點都沒被發現。」桃子邊說邊收起手機，「不過比起這個，你難道不該更關心她為什麼鬼鬼祟祟趁夜跑出去打電話？還有電話裡的內容，以及電話那頭的人是誰？」

羅開懷默然。如果是五分鐘前聽到這段錄音，她一定驚得三觀[2]都要炸裂，可是現在，除了Linda和秦風有姦情這一點讓她稍稍意外，別的還真沒什麼能讓她感到驚訝。

她在桌邊坐下來。原本還不明白秦風既然派了Linda來，為什麼不把她調回去，診所的醫生又

2 三觀：人生觀、價值觀、世界觀。

不是多得可以隨便浪費。現在才發覺自己笨得可以。當然是秦風對她起了疑心，要Linda在這邊監視她。如果秦風懷疑朱宣文沒中毒，自然懷疑自己和朱宣文站在了一邊，而若他證實了這個想法，那自己的處境豈不就和朱宣文一樣危險？

一下又想起朱宣文那句話：「這藥朕吃了有一陣子了。」

他是在保護我？

羅開懷雙肘撐桌，手指深埋進頭髮裡。這個猜測太大膽了，也不是沒有理由推翻它，比如秦風和朱宣文素無仇怨，沒有害他的動機，可感覺和意識的不同就在於意識可控，而感覺不可控，她無法用意識告訴自己，這猜測是荒謬的，然後就讓這種感覺憑空消失。

桃子拍拍她的肩膀：「你先別想太多，畢竟還要等檢驗結果出來，也可能是我們猜錯了。」

羅開懷卻仍像座石雕一樣不動。

其實她也不是無法接受這個事實。通常我們無法接受一件事，並不是接受不了事情本身，而是不知道一旦接受了，以後該怎麼面對那些讓我們措手不及的改變。

如果他的病是假的，那麼這些天我和他的種種，也都是假的嗎？還有什麼前世記憶、前世今生，也都是假的嗎？哦，對了，還有那枚玉簪，也多半是我記錯了吧，人在現實中的記憶都可能會搞混，更何況是夢裡的記憶？

彷彿內心精心構築的城堡突然崩塌，羅開懷忽然感覺快要撐不住了。

桃子擔心地問：「你怎麼了？沒事吧？」

她默然許久，終於說：「我只是在想，明天要怎樣面對他，還有他們。」

第九章　底牌

「……朕，有些話要對你說。」

1

夜的濃黑緩緩退去，黎明的光亮還未照進，整座大宅籠在半明半暗的光線裡，像罩了一層薄紗。

一襲魅影悄悄摸至門口，抬手輕輕敲了敲。

「皇上？」沒人應。

又敲了敲。

「皇上？」還是沒人應。

魅影輕輕推門，一閃身消失在門裡。

臥室的光線更暗些，薄紗帳裡的輪廓若隱若現，空氣中散發著好聞的男人味道。魅影深深吸了口氣，朝那張大床走去。

「皇上，皇上……」

撩起帳幔的手驀然一停，秀麗的臉上現出大大的驚訝。床上空無一人，只有錦被起伏，勾勒出曖昧的形狀。

「賢妃此時來見朕，可是有要事？」

身後響起好聽的男子聲，Linda一滯，驚慌地轉過身。朱宣文好看的臉龐近在咫尺，眸中神情與聲音一樣，不徐不疾，波瀾不驚。

Linda快速收拾好情緒，對付別的她不敢保證，對付男人？這世上她對付不了的男人還沒出生呢。她恢復鎮定的眼中甚至躍入一絲笑意。

「皇上，臣妾初入宮，夜半醒來，忽然怕得厲害，便大著膽子來找皇上了，」說著向朱宣文胸膛靠了靠，「皇上可否陪陪臣妾？」

朱宣文的身體並沒有動，但隔著幾層衣料，她分明可以感受到那淡淡體溫下的暗潮湧動。她揚了揚唇角，果然沒有她對付不了的男人。

他溫柔地扶她坐到床邊。「愛妃別怕，有朕在，任誰也欺負不得你。」

她也順勢依進他懷裡。「呀！皇上，您的手怎麼這麼涼？」

其實那手並不涼，還帶著男人手掌誘人的溫熱，只是臺詞已經寫好了，必須這麼說。她甚至都備好了下一句：讓臣妾給您暖暖。之後便是一些純靠演技的肢體語言。

只是還未及說出下一句，他卻突然把手抽了回去。

「或許是夜裡著了涼，頭也有些痛。」說著，還恰到好處地揉揉眉心。

「……那您快躺下，讓臣妾給您揉揉。」

「那個先不急，賢妃啊，你昨天給朕吃的補藥，可還有嗎？」

「啊？」Linda整個人呆了一秒，接著目光狐疑地打量起他來，「有倒是有的，皇上還想吃？」

「昨晚一顆，朕一夜好眠，深感此藥奇效，愛妃再給朕取一顆來，看能否止住頭痛。」

藥就在衣服口袋裡，倒不必特別取，只是她盯著他接過藥的手，目光更加狐疑。朱宣文一手拿藥，一手端杯，閉著眼睛將藥送至鼻尖嗅了又嗅，捨不得吃似的。

「妙，真是妙！」他忽然睜開眼睛，「愛妃這藥果真非比尋常，只是聞一聞，頭就不痛了。」

Linda 的臉色開始飄忽不定。

「愛妃啊，既然朕頭已不痛，這顆藥，不如就賜給你吧。」他說著，將藥推至她面前。

窗外晨輝漸明，一杯一藥靜置於兩人中間的桌上，突兀而清晰，宛若電影中的特寫鏡頭。空氣都凝滯了，良久，響起一聲女人的輕笑。

「很好，朱宣文，既然大家都心知肚明，我們不妨換一種更有效的談判方式。」

朱宣文也笑了笑，扯開桌邊一把椅子坐下，語聲波瀾不驚：「談判即交易，所謂交易，便是有交有換，Linda 小姐可有什麼有價值的東西與我交換嗎？」

Linda 一愣，旋即拍了幾下掌，笑聲裡幾乎帶了敬佩。

「可以啊，朱董事長，果真是天生商人料，你一開口，我都忍不住叫你朱董事長了。」

「Linda 小姐聰慧絕頂，也著實難得。」

「所以你看，我們是多麼地相配。」

「所以，你今天的主題是……？」

Linda 也拉一把椅子坐下，拿起那顆藥，放在眼前瞧著。

「我查過它的成分了，名為抗幻覺藥，實則與毒藥差不多，在美國嚴格限制使用，我們所長卻讓我一天三次地給你吃。」

朱宣文不動聲色，像一個談判場上的老到商人：「所以呢？」

「你放著好好的TR董事長不做，躲在這裡裝瘋賣傻，也定是知道有人想謀害你，不得已而為之吧？可裝瘋畢竟不是長久之計，你也一定不想一直這樣裝下去。」

「聽起來，你有好辦法幫我解開這個困局？」

「找出誰是幕後謀害你的人，對你來說應該並不難，難的是怎樣找出他害你的實證，將他繩之以法。這一點你暫時應該還做不到，否則現在也不會和我面對面坐在這裡。」

朱宣文向椅背靠了靠，故意笑問：「你不會以為那個人就是你們所長吧？」

「秦風？」Linda嗤笑著說，「他何德何能成為你的敵人？他把我當槍，自己也不過是別人的槍，但只要我幫你，我們就可以透過他找出那個持槍的人。」

朱宣文垂眸片刻，又抬眸：「所以，看出我裝瘋的是你自己，而不是你們所長。」

「我是不是很聰明？」

「賜美人以智慧，上天真是偏愛你。」

「上天把我送到你的面前來，也是對你的偏愛呀。」Linda抿一抿唇，笑容誘人，「我們一起把幕後槍手繩之以法，這樣你既不必躲在這裡裝瘋賣傻，又可以回去做你的董事長，這豈不是很好？」

「簡直是利大無窮，」朱宣文點頭說，「但不知你開出的價碼是……」

「什麼價碼不價碼的，」Linda 忽然矜持起來，笑著說，「好像我們真的在談交易一樣。」

朱宣文也笑：「不談交易，難道談感情？」

「沒錯啊，就是談感情，」Linda 朝他靠近一點，一手托起美麗的腮，「我愛你，想要嫁給你，如果一定說有價碼，這就是我的價碼。」

朱宣文愣了一愣，Linda 現出意料之中的笑容，繼續說：「知道這樣說唐突了一點，可是聽聽我的分析，你便會知道娶我是一個絕妙的主意。」

見朱宣文沒說什麼，她便又接著說：「首先，我愛你，這是這個選擇成立的前提；其次，我能幫你，不管是解決眼下困境，還是等你回到 TR 集團，我都能發揮所長，幫你在處理各種事務時洞明人心，所謂雙劍合璧，珠聯璧合，夫妻關係的極致不也就是這個樣子？」

朱宣文連連點頭：「聽起來不錯，還有別的益處嗎？」

「還有自由。在我們的婚姻關係裡，你將享有絕對的自由，無論你想做什麼，或者愛上誰，我都絕不會干涉，鬧離婚分家產這種事，在你身上絕對不會發生。」

「那你不是很虧？」

「你賺就行了。」

「聽起來還像是交易。」

「那就姑且當它是交易好了，」Linda忽閃著一雙大眼睛，「怎麼樣？成交嗎？」

晨光漸漸亮起來，把屋子照得更通透，驅散了些半明半暗的曖昧。

朱宣文扯起一絲唇角，淡淡笑說：「Linda小姐，你也許是個不錯的心理醫生，卻不是個合格的商人。」

Linda的笑容一僵。

「商人談判的時候，有兩個大忌，第一是過早露出自己的底牌，那會使自己陷於被動；第二是認為自己聰明，因為只有蠢人在犯蠢的時候，才會覺得自己聰明。」

Linda僵住的笑容一寸一寸地收回去。

「你是什麼意思？」

「很簡單。首先，我裝作患有妄想症的樣子，並不是為誰所逼，而是純粹出於興趣；其次，雖然有人想害我，可我並不想把他抓出來，更不想重新回到TR集團。」他攤了攤手，唇角又上揚一些，「所以你看，你連客戶的需求都沒有弄清楚，又過早暴露了自己的底牌，如果這是真正的商場，你已經輸了。」

Linda把紅唇咬得沒了血色，良久，爆出一聲冷笑。「你就算想搪塞我，也不用編這麼爛的藉口。朱宣文，你故意羞辱我對不對？你是為了羅開懷嗎？你不會真的看上她了吧？」

朱宣文搖了搖頭。

Linda立即追問：「所以你並不喜歡羅開懷？」

「藉口不是編的。」

Linda愣了一下，又爆發出一陣大笑，她猛地站起身，緊緊盯著他：「朱宣文，你不要太過分！」

「對了，談判第三大忌——發怒，那會影響你接下來的思路。」

Linda胸脯快速地起伏著，許久終於平復，她瞇起眼睛看著他：「你不會真的看上羅開懷了吧？」

「這和你無關。」

「兩次都沒否定，就代表肯定，朱宣文，你的眼光真差！」

「通過詆毀同伴獲得自信，是無能且自卑的表現，我若看上了你，那才是眼光差。」

Linda快要氣瘋了，雙拳「咚」地砸在桌上。「她和你朝夕相處那麼多天，連你裝病都沒看出來，心理醫生做到這個地步，簡直叫人笑話！你就喜歡這樣的羅開懷？」

「她和你不同，她有她看不出的理由。」

她當然看不出，若這謊言在世上只能騙過一個人，怕也只有她了。她是不同的，和你們都不同。

「沒錯，我和她是不同的，所以你最好想清楚今天這樣對待我的後果。」Linda目露精光，「你猜我離開這裡之後會怎麼做？」

「當然是回報你的老闆，告訴他你的新發現，」朱宣文說著也站起身，慢慢走到她面前，他背光站著，漆黑的瞳仁看不清神色，「所以你說，我怎麼會放你離開這裡？」

Linda驚呆了，大概沒想到如此氣度不凡的翩翩佳公子，竟然會這樣赤裸裸地威脅她。

「我不信，」她緊張地說，「我不信你能把我怎麼樣！」

「我的確不想把你怎麼樣，只是我這個人呢，做事喜歡乾脆，哪裡發生了問題，就讓它在哪裡結束，」他說著又靠近一步，嚇得她下意識後退，「今天你在這個房間裡挑起問題，我自然不會讓你走出這個房間。」話落，他一手虛掐在她的脖子上。

Linda嚇得說不出話來，剛剛的聲勢全化為驚恐。

「我們所長知道我在你這裡，還有你的助理、羅開懷，他們全都知道，你殺了我，你藏不住的。」

「幹什麼要藏呢？你忘了嗎？我有精神病，做什麼都不用負法律責任。」

他的手緊了緊，Linda立即驚出一身冷汗，緊繃的神經頹然崩潰。

「我求求你，我什麼都不會說，求求你放了我，放了我好不好？」

他深深地盯著她，手勁絲毫未減。突然，他冷冷的臉上綻開一個笑容，手也鬆開了，像他的笑容一樣突然。他轉身幾步走開，側身沐浴在晨光裡，又恢復了翩翩佳公子神色。

「你可以說，回去以後，你什麼都可以說，正好還可以幫我傳個話，告訴你們所長，他現在收手才是最好的選擇，若是再幫那個人，他不會有好結果。」

「你這話是什麼意思？」Linda 摸著脖子，驚魂未定地說，「什麼叫『那個人』？」

「知道太多對你沒好處，吃一塹長一智，剛剛的教訓還不懂得吸取？」

晨光徹底大亮，走廊裡傳來 Dave 的傳膳聲。

朱宣文薄唇輕挑，笑容裡帶一絲戲謔：「你還有時間，不妨好好想想接下來該怎麼做。早餐不錯，正好邊吃邊想。」

2

今天的早餐氣氛十分怪異。

桃子和 Dave 莫名其妙地眉來眼去，Linda 完全沒了昨晚那般的殷勤，整個人怯生生的，朱宣文倒是神色如常，不過想到他的病若是裝的，那他神色如常才代表有大事。羅開懷看看這個，再看看那個，絲毫未注意到自己才是臉色最怪異的那一個。

「粥都快涼了，兩位愛妃不如及時享用。」朱宣文說著第一個拿起筷子。

「哎，等一等！」桃子突然嬉笑著叫道，「皇上，奴婢今晨在園中與戴公公切磋武藝，有幸學了幾招逗人的小把戲，想表演給皇上瞧瞧，不知皇上可否給奴婢一個獻醜的機會？」

朱宣文抬了抬眸，現出感興趣的樣子：「哦？那朕倒是很想看看，不知是什麼小把戲？」

「就是徒手捏硬物，給我一顆小石粒，我也能徒手把它捏成粉末。」

「這麼厲害？」朱宣文若不是演技超群，那就一定是真的很感興趣，「那快表演給朕瞧瞧。兩位愛妃是否也想看啊？」

你都答應了，我們還能說不嗎？羅開懷一邊腹誹著，一遍琢磨桃子葫蘆裡賣的什麼藥。Linda仍是怯生生的，一副點頭都生怕點晚了的樣子。

桃子放眼四顧，卻為難起來。「可是，這裡哪裡有硬物呢……哦，有了，賢妃娘娘，你昨晚給皇上吃的補藥，可否借我一顆用用？」

只聽「噹啷」一聲，Linda手裡的筷子應聲落地，她嚇得臉都白了。「你……你要幹什麼？」

「表演啊，那個藥丸也算是硬物了，我把它捏碎給你們看。」

「你要……你要捏那個？」

「不可以嗎？」

Linda還是驚恐萬分，倒是朱宣文從旁助言：「愛妃，就給她一顆。」

Linda一驚，連忙應是，顫顫抖抖地取出一顆遞過去。桃子以指尖捏住藥丸，懸於朱宣文的粥碗正上方，瞪著眼，扁著嘴，腮幫子鼓得像一隻青蛙。餐廳驟然寂靜，五雙眼睛齊齊盯住那纖纖指尖。

許久，卻什麼都沒有發生。

「桃子姑娘，可以開始了。」朱宣文提醒道。

「……皇上，其實已經結束了。」

「哦？那捏碎了嗎？」

桃子尷尬地鬆一鬆指尖，露出扁圓飽滿的藥丸。

羅開懷徹底被桃子搞暈了，她到底是要幹什麼？

朱宣文哈哈笑道：「桃子姑娘，你這小把戲，還真是夠逗人。」

「都說了這不是一兩天的功夫，你偏急著現學現賣。」Dave 嗔怪著繞過來，笑著說，「啟稟皇上，是奴才教徒無方，這把戲，還是奴才親自表演給您看吧。」說著伸指接過藥丸，穩穩一捏，藥粉簌簌飄落，宛如春雪，落入朱宣文面前的細瓷小碗中。

Linda 驚得張大了嘴，猛地看一看 Dave，又看看朱宣文。朱宣文露出讚賞神情，笑著說：「戴公公，你在朕身邊這麼久，朕還不知你有這個能耐。」

「雕蟲小技，皇上喜歡就好。」

「朕很喜歡，正好省了朕餐後吃藥的麻煩。」說著端起碗來就要喝粥。

Linda 眼睛幾乎要瞪出來了，眼看朱宣文把粥端到嘴邊，就見桃子又叫起來：「哎，等一下，再等一下。」

「還有事嗎？」

「啟稟皇上，奴婢想再表演一個把戲，以彌補剛才的過失，不知皇上可否恩准？」

朱宣文端至嘴邊的粥碗又慢慢放下：「哦？看來朕今日有眼福了。」

羅開懷已看出她有什麼事要做，索性不費心思，等著看表演。

桃子便又盛了兩碗粥，與朱宣文、羅開懷、Linda的三個碗放在一起，解釋說：「為了增加表演的觀賞性，奴婢新添的這兩碗一個代表奴婢，一個代表戴公公，這個把戲的名字呢，叫作『移空換物』，就是我把這些盛滿粥的碗換來換去，換來換去……」邊說邊動手快速地挪動那些碗，「許多次交換之後呢，既保證碗裡的粥滴水不灑，又保證每一個碗的位置原樣不動……看，換好啦，就是這樣。」

話落，五個粥碗果然擺得和初始狀態差不多。

「果真是滴水未灑，」朱宣文笑說，「桃子姑娘，這回不錯。」

Linda遲疑地看著面前的碗，問：「這些碗都一模一樣，盛的粥也差不多，事先也沒做任何標記，你如何確定它們的位置沒變化？」

「就是確定啊。」

「你用什麼保證？」

桃子一挺胸脯：「用我的信譽保證！」

羅開懷有種想撫額的衝動。倒是朱宣文萬年不變地一臉泰然，端起面前的碗說：「桃子姑娘既然這樣說，那定是如此了。」說罷大模大樣地喝起來：「嗯，味道不錯，兩位愛妃快嚐嚐。」

更沒人敢嚐了。最怕的就是Linda，她瞧瞧自己的碗，又瞧瞧另外幾個碗，目光最終定在了羅開懷面前。

「羅妃，我跟你換換如何？」

朱宣文喝粥的手頓了一頓，湯匙放在碗裡慢慢攪著。羅開懷回頭，以目光詢問桃子，桃子微不可見地勾著脣，輕輕點了點頭。

羅開懷想一想，把碗遞過去：「好啊。」

「等一等！」Linda凌厲的目光盯向桃子，「我不要羅妃的了，我要你那一碗。」

桃子一愣：「你確定？」

Linda見桃子如此反應，更加堅定：「確定，就要你那一碗。」

桃子遲疑片刻，勸說道：「賢妃娘娘，吃個早餐而已，何必換來換去的呢？」

「那你呢？換個粥而已，何必推三阻四的呢？」

「我不是不想換，只是怕你後悔。」

Linda冷笑：「我不後悔，現在就換。」說著繞到桃子面前，把自己的碗一放，抬手端起另一個。

桃子緊盯著她：「也許事情並不像你想像的那樣，你不怕聰明反被聰明誤？」

「我不是聰明人，只用笨辦法，我今天不換別人的，就和你換。」

Linda說完，也不走回座位，站在原地就一口氣把粥喝完，還抹了抹嘴脣，脣邊浮起一絲冷笑。

「桃子姑娘，我喝完了，現在該你了。」

桃子驚訝地張大了嘴，動了好幾下，終於問出聲：「你……你怎麼樣？」

「好得不得了，就想看著你把這碗粥喝完。」

「……我還是先扶你回房間吧。」

「別找藉口離開，就現在，當著我的面，把它喝了。」Linda端起碗送到桃子面前，一副不喝粥別想過關的樣子。

桃子盯著她看了一會兒，冷笑了笑，接過粥幾口喝完，把碗放回桌上。「現在滿意了嗎？」

空氣突然變得奇詭異常，不只Linda，每個人都神色複雜。Linda嚇得臉都青了，由青轉白，又由白轉青。「你，你……」話未說完，雙眼一閉，竟然軟倒下去，虧得桃子眼明手快，總算在落地之前接住了她。

由於事發實在是太突然，以至這邊Linda都暈過去了，大家還在面面相覷，不確定她到底是嚇的，還是被毒的。

「桃子，這到底是怎麼回事？」羅開懷緩過神來問。

桃子卻是真焦急：「我也沒料到會這樣啊，我原本就想嚇她一下，誰想到她……她……她竟然……」

「她怕是得看大夫。」朱宣文說，神色還是有始有終地鎮定，好像天塌下來他都扛得住似的，「戴公公，你和桃子姑娘送賢妃去看大夫，要快。」

Dave應聲領命，羅開懷也要去，卻聽朱宣文在身後喚她：「你等一下。」

心莫名其妙一動，她遲疑著轉身，看見那雙熟悉的眼睛，不知為什麼，今日竟然有些陌生。

「……朕，有些話要對你說。」

似乎意識到那定是一次不簡單的對話，心理學上叫作潛意識影響行為，普通人叫作身體快過大腦，總之當羅開懷想起回答他的時候，人已經走出很遠了。

「那個，等我回來再說，好嗎？」

轉身出了門口，未再聽到他的聲音，只記得轉身前映在眼中那對眸子，有些熟悉，又有些不同。

3

去醫院的路上，羅開懷才得知事情的真相。原來桃子早上確實和Dave學了那個「移空換物」的小招數，兩人本想設計嚇唬一下Linda，但Linda的反應讓他們始料未及。

「我原本是想把有毒的留給自己，這樣你們其實怎樣都不會有人中毒，誰知道她自作聰明，非要來和我換。」桃子坐在副駕駛，懊惱地說，「也不知這藥毒性到底有多強，你們說，她不會有事吧？」

Dave什麼也沒說，只是把車開得飛快，不時從後視鏡裡看看後面。

羅開懷也心中沒底，但是看Linda臉色還好，料想應該沒有生命危險，勸桃子別自責。

「誰也沒想到會這樣，這並不是你的錯。」

「怎麼不是我的錯？」桃子更自責了，「難道還是Linda的錯？」

羅開懷嘆了嘆。

當然也不是Linda的錯，她們都是以自己認為正確的方式行事而已。Linda以為如果是她，一定不會把有毒的留給自己；而桃子身為員警，不可能置任何人於危險中，所以一定會把有毒的留給自己。

其實想一想，誰又不是在以自認為正確的方式行事呢？只是每個人心中所堅持的對錯不同，碰在一起，才會有這許多的是是非非吧。漫長人生，茫茫人海，一輩子雖然會遇到那麼多那麼多的人，可那個像另一個自己一樣的人，卻不是誰都有機會遇得上。有的人很早就遇上了，那是上天的恩賜；有的人很晚才遇上，那也很好；有的人遇上卻錯過了，那樣其實也不錯；不管怎樣，都好過從來沒有遇上過。

不知怎麼忽然生出這麼多感慨，羅開懷嘆了嘆，腦中又掠過出門前看見的那雙眼睛，莫名其妙地覺得熟悉，又有點陌生。忽然很後悔當時沒留下。他想對我說什麼呢？

眼前的街景向後飛掠，醫院的大樓已遠遠可見。那時的羅開懷心想，只要Linda的事一結束，她就立刻趕回去，趕到他面前，不管他想要對她說什麼，她聽總還是要聽一下的。

4

Linda並無大礙，只是洗胃後需要留院觀察一段時間，羅開懷一時無法決定是該通知秦風，還是該通知Linda的母親。她想把事情的影響降至最低，但想來想去，好像不管通知誰，結果都是一樣的。秦風很快就會知道整件事的來龍去脈，那些想到的、想不到的事情，也許很快就要一件接一件地發生。

手機拿在手上猶豫來、猶豫去，結果沒想到命運他老人家那麼幽默，直接給了她第三個選擇——另一個電話打了進來。

羅大笑號啕大哭：「姐，你快來呀！咱爸要死了，我攔不住了啊！」

羅開懷一驚：「你好好說，什麼攔不住？怎麼回事？」

「咱爸要跳樓，現在在樓頂呢，誰勸也不行，眼看要跳了！」

「你說什麼？」她站起來，一旁的桃子和 Dave 也看過來，「爸要跳樓？為什麼？哦，不，他人在哪裡？」

「在樓頂啊！」

「我是說哪座樓的樓頂？！」

「TR 大廈。」

「TR 大廈？」

「你快來吧，晚了怕是就見不著了！」

聽到 TR 兩個字母，一種隱隱的直覺撲面而來，羅開懷來不及細想，狠狠叮囑道：「羅大笑，你給我聽好，不管怎麼樣都給我勸住爸，我馬上就到！」

「……哎！爸您先別跳，我姐馬上到了，您就是跳，也得等我姐來了，見著最後一面呀……」說著又嗚嗚咽咽起來。

羅開懷急得顧不上生氣，掛了電話，轉身便去叫桃子，桃子已經站起來了。「什麼也別說，我陪你一起去。」

羅開懷一頓，點了點頭，又想囑咐 Dave 點什麼，Dave 立即遞上車鑰匙，「放心，這裡有我呢。」

羅開懷也只能感激地點頭。

5

路上，羅開懷與弟弟又通了電話，這才得知原來爸爸買的 TR 集團股票實在漲得太好，爸爸一貪心，就把房子也押上，從貸款公司借了更多的錢，又全買了 TR 集團的股票。誰知剛買，股價就斷崖似的往下跌，現在不要說利潤，就是借來的本金都所剩無幾。貸款公司威脅說要收房子，爸爸一時承受不了，便跑到 TR 大廈去跳樓。

「你先別急，也許叔叔就是一時激動，那麼多人都在勸呢，一定不會有事。」桃子一邊開車一邊安慰。

羅開懷木然地點頭，其實什麼都沒聽進去。炒股、欠債、賠錢、還錢，所有這些亂七八糟的事，這些年她不知經歷過多少次，每次都以為自己已經到了極限，再加一根稻草都會把自己壓垮，誰知到了此刻，當另一個更大的問題毫無預兆地拋過來時，她才忽然明白，之前那些天塌下來似的問題，原來都是那麼無足輕重。

房子被收走就不要了，錢沒了也可以再賺，她只要爸爸沒事就好。不可抑制地想起十幾年前媽媽生病住院的時候，當時爸爸兌掉了家裡唯一值錢的裁縫鋪，帶著借來的、存來的、所有能籌來的錢趕到醫院，醫生卻告訴他，手術做不了了。那晚爸爸沒有回家，只囑咐她和弟弟早點睡覺，他要在醫院陪媽媽。

記不清媽媽去世時，爸爸是怎樣的狀態了，那時她的關注點都放在自己身上，只覺得自己的世界天都塌下來了，自己這麼小就沒有了媽媽，自己好可憐……

之後便是這些年叫人喘不過氣來的生活，爸爸打工、摔斷腿、炒股、賠錢、脾氣越來越暴躁，她一路隱忍著都扛過來了，也不是沒抱怨過，甚至有時候想過，如果沒有爸爸這個包袱……

「開懷，你怎麼了？你哭了？」桃子擔心地問。

「沒事，」她擦了擦眼角，「只是忽然想起一些往事。」

想起這些年，自己是多麼自私與冷漠，只想到自己拖著爸爸這個包袱不知什麼時候才能開始真正屬於自己的生活，卻從沒有想過爸爸，他這樣一個痛失愛人、拖著殘軀，又帶著拖累子女的愧疚感的老人，要怎樣面對他一天天枯朽下去卻再也無力改寫的人生。

「你別擔心，我們馬上就到了。」

羅開懷點了點頭。抬眼望去，**TR** 大廈醒目的標誌已清晰可見，傲人外觀平時就是地標一樣的存在，今日因為有了跳樓這樣的大新聞，樓下早已密密實實圍了好幾層人。

人有時會有一種讓人無話可說的群體性，就比如說跳樓，明明一群人什麼都不能做，卻還是要緊張兮兮地圍在那裡，好像圍的人多了，就能讓想跳樓的人改變主意似的，其實只能無形中製造緊張感，讓原本不想跳的人腦子一亂也就跳下去了。

桃子把車開近，維持秩序的保全見是朱宣文的座駕，面露驚愕，馬上放她們從地下停車場進去。她們坐電梯一路無阻到了頂樓，羅開懷報上身份，一個員工似的小姑娘立即帶她們去了樓頂。

「喏，就在那邊。」

小姑娘手指的方向還是一群人。

羅開懷拉著桃子分開人群，赫然看見爸爸遠遠跨坐在樓頂邊緣的矮牆上，一頭灰髮被吹得凌亂，乾瘦的身軀遠看越顯渺小，似乎一陣強風就能把他吹下去。她看得心驚，急忙跑過去，爸爸情緒近乎崩潰，對她的到來竟然全未注意。

爸爸面前三四公尺處還有幾個人，她一眼就看見了弟弟，跑到他身邊，弟弟對她比了個「噓」的手勢，指指另一邊——一個男人正在勸說，那個人她認得，是梅總。

「羅先生，你聽我說，你我年齡差不多，在這世上都活了好幾十年，若說有什麼人生經驗，最重要的就是不管遇上什麼難事，遇上多大的坎，最終都會過去的，你說是不是？」

爸爸看上去已經折騰得沒了力氣，呆滯了一會兒，轉過頭來，混濁的目光裡有慘然笑意。

「我和你不一樣，你看看你，再看看我，你是西裝革履，我是破衣爛衫，我和你哪裡是一個世界的人？哪配和你有一樣的人生經驗？」爸爸神情淒慘，越發襯得一身高級訂製西裝的梅總氣質不凡，羅開懷看得心中酸楚。

「你們這種人，是遇上一個坎，過一個坎，一輩子大風大浪也都能闖過去，你們是有大本事的。」爸爸搖著頭，頹然說，「可我不一樣，我這輩子啊，是遇上一個坎，過不去，遇上一個坎，過不去，一輩子走來走去，走的全是死胡同，走到現在，老天爺就給我留了這一條路，就是從這裡跳下去啊！」說著又探頭朝下，作勢要跳的樣子。

羅開懷急得尖叫出來：「爸，你別跳！」

爸爸猛然回頭，這才看見她。弟弟也急忙說：「爸，姐來了，有什麼事我姐都能解決，你就別跳了啊！」

爸爸目光亮了一瞬，旋即乾枯的嘴唇一癟，竟然嗚嗚咽咽起來。

「開懷啊，爸爸對不起你，拖累了你這麼多年，現在也該到頭了。今天你來了，爸爸也算見到了你最後一面，死而無憾了呀！」

「爸你千萬別這麼想，」羅開懷也哭著說，「這些年我們家的確是經歷了一些事，可我們一次次不是都挺過來了嗎？這一次問題的確是更大一點，可也只不過是更大一點而已，爸你相信我，我一定能幫你渡過這次難關，你先下來好不好？」

爸爸卻像是被刺中了某個痛點，沒有下來，也沒有跳下去，整個人癱軟在矮牆上，哭得更凶了。

「我的好女兒，我當然相信你，你什麼都能做好，從小就凡事都比別人強，唯一差的一點，就是有我這麼個爸呀！這些年要不是我拖累你，你的日子不知道會過得多好！」

「爸，你別這麼說，你不是拖累。」

「我是什麼我心裡都知道，」爸爸抹了一把淚，繼續說，「但是乖女兒，我也不想拖累你，你爸我雖然沒有什麼本事，但是愛你和你弟弟的這一顆心，是和別人家的爸爸一樣的啊。」

「我知道，爸，我都知道。」

「我這麼多年啊，折騰來折騰去，就是想給你和你弟弟好一點的生活，誰知道做什麼什麼不行，你媽在世的時候，跟我吃了一輩子苦，你媽去世了，我也沒有給過你和你弟弟一天好生活。折騰到現在啊，我總算是明白了，我從這裡跳下去，就是給你們姐弟幫了最大的忙了啊！」說著又作勢往下看。

「爸，你不要！」羅開懷腦子驟然一陣空白，腿一軟，整個人跪倒下去。

「等一下，羅先生！」一個陌生男人的聲音這時突然響起。

羅開懷一聽到那聲音，整個人莫名其妙地一顫，盛夏的烈日下竟然出了一身冷汗。她向那男人看去，見是之前一直站在梅總身邊的那個人，雖和梅總一樣是西裝加身，氣質卻完全不同。他肩更闊，背更挺，長相與朱宣文有幾分相似，只是膚色更黑，臉龐不瘦，卻有種刀削斧砍似的堅毅。

那男人鎮定得近乎是冷酷地盯著爸爸，彷彿雖在勸他不要跳樓，卻根本並不關心他的死活。

羅開懷更大幅度地打了個寒顫，躲藏似的收回目光。

「羅先生，我是TR集團的董事兼代總經理，我叫朱力。」男人頓了頓，似乎想給羅父一點時間消化他的身份。

「TR集團現在由我負責，你所遇到的問題，無非就是股價下跌，現在我以全權負責人的身份向你保證，未來不久一定會讓股價回升，你所跌下去的股本全數都會漲回來，你並不會有真正的損失，這樣可以嗎？」

羅父聞言抬了抬胸，混濁的雙眼對上那雙精光駭人的眼睛。朱力揚了揚下巴，似乎認為自己說動了羅父。羅開懷心中卻莫名其妙地更加不安。

「你就是朱力啊？」

「是。」

「全權負責啊？」

「沒錯。」

「那我今天跳樓就是要跳給你看！就是要跳給你看的呀！」爸爸本已疲憊的身體突然又激動起來，瞪著猩紅的眼睛說，「你以為我跳樓就是因為賠錢？沒錯！可是摩天大樓到處有，我為什麼偏偏挑你這一座？我就是要從這裡跳下去，讓全市老百姓，不，讓全國人民都知道，你們TR集團是怎麼操縱股價、坑害股民的！你們喝股民的血，恨不得把我們這些小股民敲骨吸髓呀！」

爸爸嗓子吼得嘶啞，嘩地一下掀開衣服，露出裡面寫滿了大字的紙。

「我把你們的罪行都寫在了這上面！今天從這裡跳下去，就是要讓下面所有人都看到！我今天拚了這條命，也要讓你們的黑幕曝光！」

爸爸的話如同一聲驚雷，震得所有人面色陡寒。有股民從 TR 大樓上跳下去已經很嚴重，如果再加那麼一封曝光信……

朱力下巴緊繃，似乎在努力克制著怒意。

「羅先生，你剛剛說的那些，都是外面捕風捉影的謠言，你為這個自殺，會死得毫無意義。我現在向你保證，如果你現在下來，我會以個人名義承擔你全部損失，你的房子也不會被收回；而如果你跳下去，你什麼都不會有，你的子女還要承擔你的巨額債務。到底要不要跳，你想清楚。」

這個條件很誘人，爸爸沉默了一會兒。雖然羅開懷不認為朱力會兌現承諾，但此刻還是很希望這套說辭能打動爸爸。

誰知爸爸想了一會兒，突然又大聲叫道：「我不信！你以為我不知道？你們這種人，頭頂一個貪字，黑心黑肺的，你會好心替我還債？怕是我前腳下來，你立刻就叫保全把我帶走，以後都不准我靠近這裡的哦！」

「你放心，我做過的承諾，都會兌現。」

「兌現才怪！我老羅沒錢沒本事，腦子還是有一點的，我才不會上你的當！你怕我跳樓，我這就跳給你看！」

爸爸情緒激動到極點，羅開懷和弟弟大叫著「不要」衝過去，卻還是來不及抓到爸爸的手。她閉上眼睛，以為將再次聽到世界坍塌的聲音。

聽到的卻是一個熟悉的男聲：「你說得沒錯，羅先生，他的確不會兌現他的承諾。」

男子話落，所有人都向他看去，全世界都靜止了似的。

羅開懷猛然睜眼，爸爸還好端端地坐在矮牆上，她又慢慢回頭，雖已聽到他的聲音，還是驚得說不出話來。

不是沒見過他穿西裝的樣子，只是沒見過他……這個樣子。陽光從他的身後照過來，他向前邁了幾步，彷彿從陽光裡走來。

「但是我能，」朱宣文說，「我能以個人的名義，承擔您所有的損失。」

爸爸面露疑惑：「你？你不是那個……」

「我是 **TR** 集團的董事長兼總經理，這裡真正的全權負責人，剛剛您所說的黑幕交易、操縱股價，我都會查清楚，給您和所有股民一個交代。」

爸爸的目光越發疑惑：「可外面不是都說你得了精神病嗎？」

「沒錯，我是病了一段時間，可現在完全好了。」

「好了？」

「羅先生您放心，我現在既有能力兌現承諾，也有能力查清真相，只是不知道您願不願意等上一段時間，看著罪人落網、真相大白？」

一陣強勁的樓頂風吹過，朱力淩厲的目光射過來，梅總欣喜若狂：「宣文，我就知道你好了，你那天是有意瞞著我的對嗎？」

朱宣文不回答，只是看著羅爸爸。

爸爸用力扶住矮牆，等風過了，想了想才說：「你說得好聽，你這一會兒神經一會兒好的，我憑什麼相信你啊？」

朱宣文沒回答，卻走到羅開懷面前，向她伸出手。她震驚得只剩下本能反應，由他拉著站起來。

「您的女兒羅開懷，她既是我的心理醫生，現在也是我的女朋友，是她多日來悉心的治療和陪伴才治好了我的妄想症，所以就算憑私人感情，我也不會欺騙您。」

「心理醫生？」爸爸稍事琢磨，緊接著一拍腦袋，「哦，開懷，你之前說給一個什麼 **TR** 高層治病，那個人就是他嗎？」

按規定不能洩露病人資訊，可現在既然他自己說了，又是情況危急，她便微微點了點頭。

「那……那段影片裡的女孩子就是你了？」

「……嗯。」

「我說怎麼看著像，我早就該想到的嘛！」爸爸一反剛才的消極，喜氣洋洋起來，「那他剛才說你是他女朋友，也是真的？」

「呃，這個……」握住她的手緊了緊，她會意，「對，是啊。」

「哎呀，我的乖女兒，你得了這麼個金龜婿，怎麼不早告訴我啊？」爸爸高興地拍著矮牆，「早知道我有這樣一個金龜婿，我還跳什麼樓呀！哦，不對，是還炒什麼股，貸什麼款呀！我就成天待在家裡，等著享清福就好了嘛。」

「那……爸，您是不跳樓了？」

「不跳了，當然不跳了呀。」爸爸說著，喜滋滋地挪動那條瘸腿從矮牆上下來，不料突然一陣樓頂風吹過，爸爸沒扶穩牆，身子一下向外倒去。

羅開懷一驚，大呼著「爸爸」撲上前去，卻只拉住爸爸一隻手。正暗自絕望，猛然發現旁邊另一人的身影，他幾乎與她同時衝到，穩穩地拉住了爸爸另一隻手。

難以言喻那是一種什麼樣的感覺，彷彿絕望的心突然有了支撐，世界崩塌也不再害怕。

桃子和弟弟也急忙上前，大家合力把爸爸拉了回來。爸爸嚇得渾身癱軟，只能坐在地上。

「哎呀，嚇死我了，嚇死我了，」爸爸撫著胸，聲都虛了，「以後就算自殺，寧可吃藥、上吊、臥軌也不選跳樓了，哎呀，這個實在是太嚇人了，還好剛才沒跳下去啊！」

「爸，你說什麼呢。」羅開懷嗔道。

「啊，對對對，你看我這一嚇連話都不會講了，有這麼好的金龜婿，誰還要自殺？你爸我下半輩子就是享女兒福的命啦。」

羅大笑也喜笑顏開，對朱宣文說：「剛才真是謝謝你啊，姐夫。」

朱宣文笑著微微點了點頭，羅開懷狠狠掐了羅大笑一下：「亂叫什麼？誰是你姐夫？」

「哎，我又沒有叫錯嘛！」

「對啊，你幹什麼掐你弟弟？」爸爸說，「哎呀，朱董啊，你千萬別誤會，我這個女兒平常脾氣都蠻好的，就只對她弟弟凶而已。也是沒辦法，誰讓我這個兒子不爭氣，他姐姐要是不罵他，他不知道闖禍要闖到哪裡去啦。」

「爸，有你這麼說自己兒子的嗎？」

「怎麼？我哪句話冤枉你啦？」

朱宣文饒有興趣地看著這對父子你一句、我一句。羅開懷尷尬得恨不得自己翻牆跳下去，「羅大笑，你趕緊扶爸離開這裡，爸折騰了這麼久也累了。」

「哦，對對對，我不耽誤你們談戀愛，我這就走，這就走哈。」爸爸扶著羅大笑站起來，一步一回頭，喜滋滋地瞧著朱宣文，路過朱力身邊時停了停，底氣十足地昂起頭，「看到了沒有？害怕了沒有？你頂頭上司是我女婿，你做的那些虧心事哦，我女婿都會給你查出來，你抖不了幾天啦！」

朱力與他對視一眼，厭惡地挪開視線，好像多看一眼都會讓他感到噁心。

6

爸爸的身影消失在通往樓梯的小門裡，樓頂的氣氛一鬆，可是緊接著，另一種緊張卻悄悄充滿了空氣。

剛才的跳樓事件驚動了公司許多人，現在跳樓的人走了，看熱鬧的卻還在，此刻許許多多道目光投在朱宣文身上，各含意味，伴著詭異的沉默。

梅長亭第一個站出來，淚眼含光：「宣文，你的病好了，這真是太好了呀！公司裡多少人都盼著你回來呢！」

「是啊，宣文，」朱力也笑著踱過來，「我們日盼夜盼，總算把你給盼回來了，梅總也終於能放鬆一下神經了。」

梅長亭立即說：「只要居心叵測的人在一天，我這根神經就一天不會放鬆。宣文你放心，你回到公司，我和許多老臣都會傾力幫你，絕不會再讓某些人有可乘之機。」

朱宣文看看梅長亭，又看看朱力，眼中露出莫名其妙的神情，沉默片刻，忽而笑了：「兩位在說什麼呢？朕怎麼完全聽不懂？」

不要說朱力和梅長亭，就連羅開懷也是一愣。

朱力瞇起眼睛：「宣文，你這是幹什麼？」

「你叫朕什麼？」

「經過剛剛那一幕，你覺得再裝下去還有意義嗎？」

「是啊，宣文，」梅總緊張地抓起他的手，「你……你這是做什麼呢？」

「剛剛？」朱宣文皺了皺眉，恍然道，「哦，你們說剛剛那些話嗎？那是戴公公教朕說的，他說只要朕說了那些話，便可救那老人家一命，朕愛惜子民，就照著說了。」

梅總仍不甘心：「宣文，你別這樣。」

朱宣文卻不再理他，轉而問羅開懷：「愛妃，戴公公到哪裡去了？」

羅開懷也不明白他為什麼還要裝，但知道自己應該配合他。她躬身施了一禮：「回皇上，戴公公想必是替皇上備車去了，臣妾陪皇上去車馬場看看可好？」

「就依愛妃。」

他攬著她，邁著悠然的步子，在一眾人的注視下坦然朝小門走去。

梅總仍不甘心地聲聲喚著「宣文」，朱力沒再說什麼，只是羅開懷分明感到兩道森然的目光從身後射來。突然想起那張刀削斧刻似的臉，不由得在烈日下又打了個寒顫。

如果有上輩子，她忽然想，自己與那個人一定是有仇的吧。

第十章　告白

「我知道你就在這個世界上，在上天安排好的某個角落，等著我來找到你。」

1

羅開懷與朱宣文趕到停車場時，Dave也剛到，桃子被同事一通十萬火急的電話叫走，車裡只剩Dave、朱宣文和羅開懷。

「呃，我讓大夫通知了賢妃的家人，」Dave斟酌著說，「然後看她沒什麼大礙，就過來伺候您和皇上了。」說完緊張兮兮地瞥了眼朱宣文。

羅開懷淡笑了笑：「你做事還真周到。」

「呵呵，奴才應該的。」

「你們家少爺這麼及時趕到，也是你通知的吧？我得謝謝你。」

「呵呵，不謝不謝……少爺？啊？少爺！」Dave一下摀住嘴，朱宣文給他一個「是的，我們敗露了」的眼神，Dave一瞬露出驚恐的神情，旋即又放鬆下來，眼中是終於不用再裝的輕鬆，「羅醫生，你都知道啦？」

「你們兩個也真是厲害，我一個心理醫生，一進朱家就被你們耍得團團轉，真不知該誇你們演技好呢，還是該檢討我自己醫術不精。」

「哪裡，哪裡，」Dave不好意思地搖著蘭花指，「您醫術沒問題的，是我們演技好，演技太好了。」說完忽然發現朱宣文在瞪他，急忙又閉了嘴。

地下停車場的光線很暗，車裡更暗，一時沒人說話，沉默籠著昏暗，像在孕育什麼東西。Dave透過後視鏡，一會兒看看朱宣文，一會兒看看羅開懷，手扶在方向盤上聚精會神，只是忘了開車。

「對不起，」終於是他先開口，「這些天，我不是故意要騙你。」

熟悉的聲音裡有陌生的語調，與之前裝病時不同，與剛剛在樓頂不同，與以往任何一次的語氣都不同。羅開懷交握起雙手，第一次聽他這樣說話，有些不適應。

「沒關係，我知道你有你的原因。」她低聲說，「再說，你為了救我爸爸，不惜在所有人面前暴露了裝病的真相，我真的，不知該說什麼好。」

說謝謝太輕，不說謝謝，又說什麼呢？

「如果是為了這個，你完全不必有壓力，」他輕鬆地說，「總歸不能一直裝下去，我原本也打算要告訴你真相的。」

她一下想起早晨的情形：「早晨送Linda時，你說有話要對我說，就是要告訴我你其實是裝病？」

「不只是這個，」他頓了頓，「還有為什麼裝病，以及，關於我的很多故事，只是不知道，你願意聽嗎？」

徹底的坦白，意味著一段關係的開始，或結束。羅開懷更緊地握了握手，微微點頭：「嗯。」有些東西並不是你想要就能得到，同樣，也不是想拒絕就能拒絕。

又一陣短暫卻像是很漫長的沉默。她想起桃子說有人在暗害他，以為會聽到一個豪門闊少身處險境、為躲避殺機不得不裝病偷生的故事，卻沒想到他一開口，竟然與這些都毫無關係。

2

「我父親是爺爺的長子，也是我爺爺心目中事業的接班人，從我小時候起，他就總是和爺爺一起忙工作，他身體不大好，藥也總是不斷。」他語調淡淡，波瀾不驚中卻有種奇妙的感染力，彷彿話音落處便是一幅畫卷。

「我母親擔心他的身體，常要他多休息，可那時恰逢 **TR** 從普通品牌向奢侈品轉型，他忙得根本停不下來。我十五歲那年，他因為一項工作連續加班，一天晚上，突然一個人猝死在辦公室裡。我母親因為傷心過度，不久之後也因為心臟病去世了。」

他頓了頓，呼吸像語調一樣平靜，羅開懷卻不由得手指又緊了緊。資料裡說過他父母早逝，可並沒有說得這樣詳細，聽他親口講出來，感覺更加不一樣。

「後來我便跟在爺爺身邊生活。我二叔作為爺爺唯一在世的兒子，自然成了最合適的接班人。他並不是我奶奶親生的，之前一直生活在我父親的光環下，我父親去世後，他彷彿突然明白了自己在朱家的意義，開始很努力地工作，比我父親在世時更努力。坦白地說，我二叔這些年的確為公司立下許多功勞，今天的 TR，有一半榮光是屬於他的。」

羅開懷眼前又浮現出那張堅毅的臉，那張臉讓她想起開疆拓土、戎馬征戰，如果 TR 是一個國，他的確比較像是戰功赫赫的那種人。

「可我爺爺卻始終沒有讓他接掌 TR 的意思，反倒比較著意培養我。我以為爺爺是出於對父親的思念才對我比較偏愛，誰知我出國留學前，他竟然立下遺囑，除了分給我姑丈一小部分外，將名下所有股份都留給了我，我二叔什麼都沒有得到。」

「怎麼會呢？」羅開懷脫口而出，「他不是為公司立下很多功勞嗎，就算你爺爺再偏愛你，也不該這麼做吧？」

「是啊，所以那時我想，大概二叔做了什麼事惹爺爺生氣，等過段時間爺爺氣消了，自然就會取消這份遺囑，可直到我在國外接到爺爺去世的消息，匆匆趕回來，那份遺囑都沒有改動過。」他停了停，終於微不可聞地嘆息。

羅開懷沒有插言，只是暗想老董事長一手創辦 TR，一生經歷何其多，不大可能因為一時衝動就立份荒唐的遺囑。

「後來我才得知，爺爺臨終前曾見過幾位董事，希望他們在他過世後，能支持我做總經理。」

「看來，你爺爺的確是想把公司交給你。」

他點頭：「也許他是太過思念我父親，所以，就把這份愛轉移到我身上了。」

「我倒不這麼認為，」羅開懷斟酌著說，「TR是你爺爺一生的心血，他為TR選接班人必然是慎之又慎的，絕不可能因為疼愛誰就把公司交給誰，他選你，定是有覺得你最合適的理由。」

朱宣文愣了愣，似乎這一點是他未想過的，不過稍後還是苦笑：「也許吧，但不是所有人都這麼認為。」

「比如說你二叔？」

「對。」

羅開懷恍然，之前籠罩的迷霧似乎一下子全都散開了，所有想得通、想不通的問題，彷彿一下子都有了答案。

「所以你回國繼任董事長不久，就遭遇了那次車禍？你早就知道那是你二叔幹的？」

「如果我說我不恨他，你會不會覺得我在撒謊？」

她思索一會兒，搖頭說：「不會，我信你。」

他微微揚眉，接著是一聲嘆息：「其實想一想，我做這個董事長，就好像憑空得到一件不該屬於我的東西。不知爺爺為什麼一定要選我，但有時候我想，如果我是二叔，也許也會做出同樣的事情。」

他說這話時目光有些虛空，側臉籠在暗光裡，鼻樑與下頷連成柔和的輪廓。她看著他的側臉，心想佛說相由心生，的確是智慧的。

「你不會。」她說。

他愣了愣，淡笑著不置可否：「也許吧，但我想二叔那麼做，畢竟不是那麼難以被原諒。」

「所以你就原諒了他，甚至假裝得了妄想症，想把公司拱手相讓？」

「不是拱手相讓，是把本屬於他的東西還給他。」

「嗯，」她點頭說，「以他的心思，你若明裡相贈，反倒更引他懷疑，所以你就乾脆假裝得了妄想症。你本以為過段時間，等他順理成章取代了你，你再假裝康復，一切就圓滿了，卻沒想到他又勾結一家心理診所，給你派了個心理醫生過來？」

她想起自己剛進朱家時遇到的種種遭遇，原本以為是 Dave 在搞鬼，卻沒想到幕後真正的「鬼」竟然是他。

「對不起，」他抱歉地說，「那時我不確定你到底是普通的心理醫生，還是他們派來害我的，保險起見，只能先想辦法把你趕走。」

她自嘲地笑：「可是我怎麼都趕不走，這也讓你很頭疼吧？」

臉上雖笑著，心裡卻生出一種難以形容的感覺。

本以為自己和 Linda 是不同的，卻沒想到最大的不同只是 Linda 到來當晚就有所察覺，而自己則是任人家招數用盡都渾然無覺，簡直是笨出了心理學界新高度。

「還好你沒走，」他卻沒配合她的笑話，低聲說，「否則趕走你，就是我這輩子做的最錯的事。」

低的聲交織暗的光，還有那暗光下幽潭一樣的眼睛。她的心忽地就跳了一下，只是此刻，她對自己判斷力的自信已降至谷底，心再怎麼跳也實在不敢存非分之想。

「怎麼會？」她笑嘻嘻地說，「我確實是他們派來害你的呀。」

「可你自己並不知情。」

「你怎麼知道我不知情？」

他面露無奈地看著她，像在面對一個頑童。

好吧，她也覺得這個玩笑很無趣，想了想，又問：「那你是怎麼在我自己都不知情的情況下，看出那藥有毒的呢？」

「……」

他看了她一會兒，淡淡地說：「送去化驗。」

她忽然很想捣臉。自己上一次智商上線是什麼時候來著？

「那……後來那些天，你就沒有再趕我走了，是為什麼呢？」話落她忽又心念電閃，連忙又問，「還是說，其實你一直在努力趕我走，只是我沒看出來？」

他的唇邊抿出一抹似笑非笑的弧度：「我以為，你知道答案。」

我知道……她撓了撓頭，有點心疼自己急速降落的智商。

「啊！難道是因為你演皇帝上了癮？」

他撫額，笑意更濃了：「其實這些天，我並不是刻意在演皇帝，而是一見到你，就覺得自己應該是皇帝。」這話說得好像有點欠揍，他忙又改措辭，「呃，我是說，你總是讓我有種自己是皇帝的感覺。」好像更欠揍了，他罕見地抓耳撓腮，她卻莫名其妙地覺得自己能明白他的意思，隱隱有種感動，她深深吸了口氣，還是把感動壓下。

「是嗎？」她仍笑嘻嘻的，「那你果然是演皇帝上了癮，可惜以後我不能再陪你演了，既然你沒病，我這個心理醫生也就沒理由再留下來。」她越說聲越小，到最後都不確定他能不能聽見。

「開懷……」他忽然說。

「嗯？」她冷不防打了個寒顫。聽慣了他叫她「愛妃」，突然聽到這個，還真是有些不適應。

他低聲問：「我以後，可以這樣叫你嗎？」

「……你可以和 Dave 一樣叫我羅醫生。」

他沉默片刻，似乎鼓起很大的勇氣：「開懷，你還不能離開我。」

「為什麼？」

「你的所長秦風，他是朱力的人，從今天起，你怕是不能再回診所了。」

她慢慢靠在椅背上。今天發生了太多事，從 Linda 中毒，到爸爸跳樓，再到知曉他的故事，以至於和他說了這麼多，竟然還沒有意識到這個如此明顯的問題：她失業了。

看，這就是小人物的悲哀。叔侄大戰，兩個人都沒什麼事，受傷的卻是我。

「對不起，」他看著她難過的樣子，「這件事因我而起，我會負責任。」

「亂講，和你有什麼關係？」她扯起一個笑，「再說不過就是另找份工作，也沒什麼難的。」

「不如，你來做我的生活助理如何？」

「咳，咳咳！」駕駛位傳來一陣咳嗽。

他笑了笑，補道：「和 Dave 一起，做我的生活助理。」

「謝謝你的好心，」她也笑著說，「不過我有我的人生，你總不能因為我這一次失業，就承擔起我接下來的人生吧。」

「為什麼不能？如果我願意呢？」

「嗯？」她抬眸，看見他灼灼的目光。

「剛才在樓頂對你父親說過的話，我是認真的。」他與她近在咫尺，氣息拂在她的臉上，吹得她嗡地一下整個人都酥了。

在樓頂，他說什麼來著？說承擔爸爸的損失？說我是他女朋友？

她平靜了好一會兒，終於緩緩地說：「我父親的損失不必你來承擔，大不了，房子就讓貸款公司收走好了，我們租房子一樣可以過日子。」

「你們不必租房子，我說過承擔，就會承擔。」

「真的不必，其實今天這件事對我爸爸來說也未嘗不是件好事，他買股票的癮太大，如果不經歷這一次，只怕很難改。至於自殺，經過這場虛驚，他應該也不會再嘗試了。」

這些並不是她欲迎還拒的說辭。她堅信完整的尊嚴來自獨立的人格，而一個人格獨立的人，是不會依賴別人來解決自己的人生問題的。她沒有很好的家世，也沒有傾國傾城的容貌，如今連工作也沒有了，但所幸，還有一個獨立的人格。

她說完看向他，撞上他複雜的眼神。

「還有呢？」他問。

「……」

「我還說，你是我的女朋友，那並不是為了哄你父親的一時權宜之計，你願意和我一起，把這句話變成事實嗎？」

3

車內空間太小，空氣太少，她突然感到有些窒息，好一陣子沒出聲。他便默默看著她，極有耐心地等著她出聲。

「朱宣文，你若是一定要把我失業的責任攬到自己身上，那也可以，但你也救了我爸爸，咱們就算扯平了，好嗎？」

話落有一瞬的安靜。她的心跳提到喉嚨口，想像著他說「哦，那好吧」。

他看了她一會兒，開口卻是無關的話題：「我決定把公司讓給二叔，不是因為我怕他，而是因為我覺得應該這麼做。」

她一愣，聽他接著說。

「假裝得妄想症，和你扮皇帝妃子，也不是因為迫不得已，而是我想這麼做。同樣，要你做我的女朋友，也不是因為要承擔什麼責任，而是因為……你真的不知道因為什麼嗎？」

他目光灼灼，視線如同兩束光柱，穿透她的身體，照進她的心裡，快要讓她燃燒起來。那些夢境，那些現實，那些真真假假攪和在一起，她看著他，雙手緊緊交握，迫使自己冷靜。

「不是責任，那是什麼？」

「你不知道我找你找了多久，」他的聲音低沉沉的，像從另一個時空傳來，「那些博物館、那些展覽、那些拍賣行，過去的那些年，我每到一個地方，都要尋找你的痕跡，生怕錯過一場展覽，錯過一場拍賣會，生怕那樣就會錯過了你。Dave以為我瘋了，可我知道我沒有，我知道你就在這個世界上，在上天安排好的某個角落，等著我來找到你。」

他的眼睛在暗光下越發明亮，他抬手握住她雙肩，掌心傳來暖暖的溫度。

「害你丟了一份工作，再幫你找一份就行了，那是多麼簡單的事，我怎麼會把那點責任和對你的感覺搞混？過去的那些天，你我之間到底是假戲還是真情，羅開懷，你真的分不清嗎？」

「……」

「羅開懷，你聽好了，」他越發握緊她的雙肩，「請你做我女朋友，和其他任何事情都無關，只是因為我愛你，我認定了，你是我命中注定的那個人。」他緊緊地望住她，雖然離得那麼近，卻彷彿還是怕一眨眼她就跑掉了，讓他再翻一遍全世界才能找到似的，「現在，你聽明白了嗎？請你再認真地回答我一次，你願意，做我的女朋友嗎？」

他的目光不再灼灼，而是變得和車裡的暗光一樣柔和，和著肩頭他掌心的溫度，幾乎要織成一張溫柔大網，將她網在裡面，生生融化掉。

她咬住嘴唇，克制住就此淪陷下去的欲望，眼裡有淚流出，她忍了忍，又忍了忍。

「認識你之前，我只是心理診所裡一名微不足道的實習醫生，爸爸剛欠下一大筆債，家裡被砸了個稀巴爛，老闆又給了我一份很頭疼的工作。」她淡淡地說著，唇角的笑容也淡了淡，卻變得更自然。他揚了揚眉心，聽她繼續說。

「可那卻是我當時人生中最順遂的時光了，在那之前，我的生活更糟糕，有一個隨時要操心的弟弟，和一個更加要操心的爸爸，我一直很努力，可生活一直都不容易。」她苦笑，「老天對我好像格外苛刻，可我還是感謝祂，因為祂給了我足夠獨立的人格，不管遇到任何問題，我都相信自己能扛過去。

「有時我也抱怨過運氣，覺得為什麼別人的生活都是有苦有樂，而我卻是一直苦？直到我遇見了你，」她笑著說，「我才明白，原來老天其實對我很好，他把我所有的好運氣都存起來，留到現在，用來遇見你。」

他胸腔微微起伏，眸中有微光閃動。

她搖搖頭，接著說：「可只是遇見你，就已經花光了我所有的好運氣，接下來的準備我還沒有做好。你看，我爸爸炒股賠了錢，對我們家而言是一件要鬧到跳樓的事情，而對你卻是那麼微不足道；我丟了工作，再找一份也不是那麼容易，可在你看來一樣是小事情。我們之間的差距這麼大，你和我，又怎麼能平等地談戀愛呢？」

他有些急，說：「難道你以為，我會因為這些看低你？」

「你當然不會，可是真正的愛情只能發生在兩個獨立而平等的靈魂之間，我現在的狀況這麼糟，是最不適合把自己交出去的時候，特別是交給你。」

他凝眉望著她，許久許久，終於嘆了嘆說：「好，那我就等著你，等到你確認自己變得足夠好，等你覺得做好了準備為止。不過在那之前，可不可以讓我為你做些事？起碼不要再像以前一樣苦，那樣我會心疼。」

她認真思考了一會兒，挑起一絲調皮的微笑：「好啊，你想幫忙的話，現在就有一件。」

「哦？什麼？」

「一會兒車開出去，幫我在最近的路口停一下，我得下車。」

「……」

「我要去看一下我爸爸，他就要失去房子了，需要安撫。」

他無可奈何地看著。她索性直接去叫 Dave 開車，Dave 詢問地看向朱宣文，朱宣文默然一會兒，終於點了點頭。

4

車子慢慢駛上出口，陽光照進來，車內漸漸明亮。羅開懷頭倚在車窗玻璃上，覺得自己剛剛大概錯過了一個世界。人說有時當幸福來臨，抓住比放棄需要更大的勇氣。她想，她剛剛用行動證明了這句話是多麼正確。如果自己可以再放任一點，大可以由著他承擔爸爸的損失，也可以窩在他懷裡，從此不問風雨，只看風月。可她終究是不敢，那麼長的人生啊，怎麼可以像託付阿貓阿狗一樣，把自己就那樣託付給別人？

不能自己掌控的人生，縱使誘惑再美好，她終究不敢去嘗試。

5

跳樓的人沒跳，看熱鬧的都已散去，有幾個散得慢的還在徘徊，臉上掛著悻悻然的表情，似乎說好了要跳，卻言而無信，這讓他們很不爽。羅開懷把臉擺正，控制自己不去看那些人。

只是這一轉臉，前方另一些人又立刻吸引了她的視線，她揉了揉眼睛，不由得把眼睛又睜大些。那些人她認得，有幾張面孔剛剛在樓頂見過，最前面的那一個，她更是認得清清楚楚。

Dave顯然也吃了一驚，車子還沒加速就停了下來。

梅長亭顧不得風度，幾步跑到車旁來敲窗。羅開懷有些擔憂地看向朱宣文，見他倒是泰然自若，和剛剛在樓頂裝瘋時一模一樣。

車窗悠然降下，放進梅總冒煙的聲音：「宣文，不，董事長，我的祖宗！你可千萬不能再走了！大家都知道你已經康復，求求你就和我們回公司吧。」

朱宣文側過頭，好看的面容帶上笑意，沐浴在陽光裡，叫人見了為之一振。

「老人家，朕乃當朝天子，微服私訪到此而已，並不是你要找的『宣文』，你莫不是認錯人了吧？」

梅長亭滿腔期待一滯，緊接著是真急了，氣道：「朱宣文，我不知道你為什麼要裝瘋，也不關心為什麼！但現在情況危急，朱力很快就要召開臨時董事會，以你有病為藉口取代你，你若是再裝下去，只怕今後想後悔也晚了！」

「老人家，看你神色焦急，朕也十分替你擔憂，但朕真的不是你要找之人哪。」

梅長亭氣得手指發抖，一轉臉，側身指向身後的幾人。

「可以，你不回公司可以，但你看看我身後這些人，他們都是當年跟隨你爺爺創辦 TR 的老人！譚總，華南區總經理，你爺爺當年的左膀右臂；柳總監，設計部元老，沒有他就沒有 TR 的今天；曲董事，當初你爺爺去世，力挺你做總經理的人之一；哦，對了，還有一個珠寶分公司經理，但他今天不在這裡，因為他已經被趕出 TR 了！」梅長亭說著，將身子站得更側些，讓朱宣文直接面對那些殷殷的目光。

「這些人都曾經為了 TR 的今天努力過，他們和你爺爺一樣，把一生的時光和夢想都放在了 TR 這個品牌上，但是如今，他們的夢想，連同他們自己在公司的位置，都即將終結在朱力的手裡！」梅長亭說著說著又激動起來，「宣文，如果朱力有意延續你爺爺的夢想，我絕不執意要你回來，但現在我們別無選擇。我們都老了，抗不過朱力，也帶不動公司，你是你爺爺欽定的接班人，這種時候我們只能指望你了呀！」

梅長亭一席話情真意切，身後幾人也面露唏噓，紛紛上前勸朱宣文留下來。

羅開懷一時心中動容，不由得看向朱宣文，見他雖面色平和，眼中卻依稀亦有波瀾。

「老人家，朕雖不是你要找的人，但聽你的語氣，好似家中遇上了困境，朕不能幫你做什麼，唯有一句話相送。」

梅長亭一愣，倒也等著聽他如何說。

「黨爭之事，古今皆不足奇，但爭奪太甚於公於私皆不利，諸位最好謹慎行之；國要換君，家要易主，這也是沒有辦法的事，諸位對新主若有不從之心，朕倒有個四字秘訣可供參考。」說著一頓，伸出食指勾了勾。

梅長亭猶豫著彎身去聽。

「順其自然。」

「這叫什麼話！」梅長亭氣得幾乎跳腳，「宣文，你就是這麼對待你爺爺的期望嗎？你對得起我們這些老臣嗎？你對得起你死去的父親嗎？你，你，你……」

梅長亭氣得語無倫次，身後幾人也個個面露失望，朱宣文雙唇緊抿著轉回頭來，緩緩升起車窗。

「戴公公，開車。」

車子慢慢開動，漸行漸遠，斥責聲被甩在後面，漸漸地也聽不見了。朱宣文臉上卻沒有半分和緩，反而更加緊繃了。羅開懷本想問些什麼，動了動唇，卻終究什麼也沒說，只是伸出手去，默默握住他的手。

他神情微動，反手與她十指相握。

「你會不會覺得我很軟弱？」車子開出去許久，他終於說。

「當然不會。」她脫口而出，想了想，又斟酌著說，「不過剛才我覺得，梅總和那些人情真意切，好像是真的很需要你回去。」

「他們的確是需要我，可並不代表公司需要。」

「……」

「當年我父親夜以繼日地工作，也以為公司沒了他不行，可是他去世後十幾年，我爺爺和二叔一樣把公司做得很好。沒有什麼人是不可取代的，有時我們以為自己很重要，那只是自己的錯覺。」

「可你爺爺畢竟選擇了你。」

他苦笑了笑，笑意很快又淡下去：「如果可以換我父親活過來，我想，他大概賠掉整個公司都願意。」

她無法再說什麼，只能陪著他沉默，良久，忽然又聽他沒頭沒尾地說了一句：「羅開懷，你有你的驕傲，我也有我的。」

她一震，看向他。他依舊是一臉柔和與平靜，只是雙眸看著前方，叫她讀不到神情。

車子駛在鬧市區，交通卻難得地順暢，車窗外一幢幢大樓向後掠去，車如流水，行人匆匆。她更緊地握了握他的手，忽然覺得這城市雖大，但能真正聽懂他那句話的人，也只有她了吧。

她覺得自己不配擁有他，他覺得自己不配擁有TR。他們都是把驕傲藏進心裡的人，對自認為不配擁有的東西，寧可放棄，也絕不垂涎。

不知不覺車已開出很遠，她這才想起自己忘了下車，動了動唇，卻終究沒說。他也一直沒叫Dave停車，不知是忘了還是什麼原因。

手機鈴聲從包裡傳出，應該是弟弟打來的，她拿出手機，看了眼螢幕，卻愣住了。

「桃子。」

「開懷，你還和朱宣文在一起嗎？」

她看了他一眼：「是啊，你那邊……是有什麼事嗎？」

「你能不能和他一起馬上到我們隊裡來一趟？」

6

是藥的檢驗結果出來了，雖然大家對結果都已心知肚明，可當看到已知的內容寫在檢驗報告上，還是別有一番震撼力。

刑警大隊將之前的車禍案定為買兇殺人，立案調查，此次下毒被懷疑為同一兇手所為，為顯重視，桃子親自來給他們做筆錄。

「朱先生，你和這個心理診所的所長秦風，以前可曾相識？」

朱宣文不再裝瘋，態度也出奇地配合：「不認識。」

「那你回國後，可曾與誰有過節或巨大的利益衝突？」

「沒有。」

羅開懷下意識地瞥了他一眼。

桃子似乎捕捉到了這一瞥，交替看了看他們，接著問：「那麼，你在裝病期間一直偷偷拒服這種藥，又是為什麼？」

「陶警官，你也知道我是裝病，治精神病的藥都有副作用，我當然不能亂吃。」

「那你為什麼裝病？」

「好玩了，」他攤手，越發輕鬆地笑說，「剛當了一陣董事長，正被工作煩得不行，好不容易遇上一場車禍，正好將計就計，既能推開公司事務，又能體驗當皇帝的感覺，豈不快哉？」

他說話時語氣戲謔，一副十足的富家浪蕩子模樣。羅開懷忽然暗想，難怪自己當初沒看出他是裝病，這傢伙如果實在不想回 TR，完全可以去考電影學院，哦，不，是可以直接去接戲。

桃子深吸口氣，緊抿起雙唇，一雙鳳眼瞇起，帶得雙眉微皺。

羅開懷看出那是陶警官要發怒的前兆，忙悄悄扯了扯朱宣文的衣袖。刑警隊案子多，人手緊，桃子特別請上級將他的案子當作重點來辦，明顯是夾帶了私情的，他要領這個情。

桃子卻沒發怒，只是上身前傾，又逼近了些：「你剛剛說將計就計，是暗指那場車禍是什麼人設計來害你的嗎？又或者說，你已經知道是什麼人做的？」

朱宣文十分無辜地搖頭：「我隨口一說而已，陶警官，你若是這麼問話，我接下來都不知如何開口了。」

「朱宣文！」以桃子的脾氣，壓了這麼久已經是奇蹟，「你以為我閒著沒事打探你隱私取樂是不是？還是你以為我們刑警大隊人多事少，閒極無聊才非要查你這個案子？」說著重拍桌上一疊卷宗。「多少積案等著查，多少案子等著辦！我陶警官親自偵辦你的案子，你就是這個態度？」

羅開懷見勢不妙，急忙安撫桃子，朱宣文雖然說話氣人，禮數卻不差，該道的歉一句不少，桃子畢竟辦案心切，總算稍稍平息了怒氣。

「說到那場車禍，事發前你有沒有感到你的車子被跟蹤？或者，有什麼人可能知道你的行車路線？」

朱宣文這回一副認真思考的模樣，俊眉深皺，只是末了還是揉了揉眉心，煞是為難地說：「陶警官，我這病雖然是裝的，可車禍撞了頭卻是真的，一個多月前的事，現在回想起來還真是有些力不從心。要不這樣，我回去想想，想起來了再告訴你？」

「朱宣文！」桃子把筆往桌上一扔，「呼」地站起來，「我不知道你為什麼故意包庇那個人，不過你想好了，這案子你可以不說，我也不是非查不可！」

朱宣文還是笑著：「陶警官說的哪裡話？我如果有您需要的資訊，一定知無不言。至於您要不要查案，先查哪個，後查哪個，就是您權責之內的事了，不必特地告訴我。」

桃子氣得一把撕下筆錄，三兩下團了扔進垃圾桶，伸臂一指：「門在那邊，慢走不送！」

刑警大隊的辦公室裡還有幾個警員，這一嗓子，直接吼來幾道目光。朱宣文不是犯罪嫌疑人，警員們也不能把他怎麼樣，各種不滿都含在目光裡，層層疊疊地射過來：不配合查案也就算了，還把我們英姿颯爽的警花氣成這樣，我們平時自己都捨不得氣好嗎？還長那麼帥，帥了不起啊，帥就可以藐視員警啊？再放肆，找個理由拘留了你。

一個內勤模樣的小姑娘本來是給他們倒茶去了，回來時剛好趕上這一幕，兩杯茶「噹」地往桌上一放，轉身就要走，只是轉身前這一抬眼，剛好和朱宣文撞了個面對面，一見他那張俊臉，氣勢一下又弱了下來。

「那個，朱先生，陶警官問完了，我送送您吧。」

朱宣文笑著欠了欠身，又對桃子也禮數周全地道了別，這才慢慢走出去。羅開懷知道他有意放過朱力，可終究看不過他把桃子氣成這樣，更看不過他對內勤小姑娘賤笑盈盈，索性沒跟出去，留下來安慰桃子。

桃子到底是俠女脾氣，這點氣倒並不用人安慰。「你告訴他，不管他有什麼理由包庇那個人，對方可未必領他的情。」

「我會的。」

「你真會？」

桃子陡然一個反問，羅開懷不由得心虛地打了個寒顫。

「買兇殺人是重罪，做得出這種事的人，道德沒有底線。」桃子以公事公辦的語氣說，「去年我們隊破過一起滅門案，兇手原本到被害人家裡盜竊過一次，被害人念及是親戚，改口說家裡沒遭竊，三個月後，兇手再次入室盜竊，遇上被害人反抗，結果直接滅門。」

桃子的語氣像在說「今天星期三，天氣預報說有雨」似的，羅開懷卻聽得又起一層冷汗：「我會好好勸勸他的。」

7

Dave 把車停在樹蔭下，朱宣文站在車旁邊，臉上帶著點點光斑，神情也彷彿隱在明暗相間的光影裡，叫人看不清楚。

羅開懷站在刑警大隊門前，對上他視線的一瞬間，只覺剛剛橫生的醋意、隱隱的恐懼竟然全都不見了，取而代之的是好奇。從見到他恢復正常人的狀態到現在，不過短短一個多小時，卻已在他身上見到許多不同的側面。

樓頂救人時，他光芒畢露氣壓全場，連朱力那樣的鋒芒都被壓得黯淡下去，彷彿他是無可爭議的TR的主人；拒絕梅總時，他又是那樣乾脆，毫不留戀；在車裡十指相握時，有一瞬她似乎感到了他的落寞；而剛剛，他寧可得罪一心幫他的員警，也堅持放過那個曾幾次謀害他的人。在他那帥得發光，又游刃有餘地駕馭各種角色的外表下，究竟是一顆怎樣的心？

她忽然覺得自己這四年心理學，學的不過是些雕蟲小技，人心如此複雜，哪是那麼容易被看透的？

他見到她出來，微微笑了笑，替她打開車門。她走到他面前，卻並沒急著上車。

「桃子要我叮囑你，幹得出買兇殺人這種事的人，什麼都做得出來。」

他面露歉意：「剛剛把你那位閨密氣得不輕，改天請你替我向她道個歉。」

「她已經不生氣了，倒是你，真的不怕朱……他再對你不利嗎？」

他的笑容淡了淡：「他很快就要召開臨時董事會，到時他真正取代了我，得償所願，也就沒必要再做這些事。」

她沒來由地嘆了嘆：「可他買兇殺人也是事實，桃子公事公辦，你就算實話實說，誰也無可厚非。」

他卻搖了搖頭：「他做這些，其實也只是為了和我爭TR，我既已決定拱手相讓，自然不會再拿這些事情做文章。」

他說這些話時眉目舒展，語言流暢，一點光斑漏在額上，溫柔而明亮。她看著他光斑下坦然的臉，忽然又覺得自己剛才想多了，其實他從頭到尾都沒那麼多面，只是認定要做一件事，就堅持做下去而已，不管這中間遇見什麼，他自有他的堅持。

根據心理學的統計經驗，這種性格的人，倒是很適合做領導者呢。怪不得他爺爺選他做繼承人……

他已替她打開車門，謙謙君子姿勢，絕不是一天兩天學得會的。她彎身坐進車裡，抬頭，正看見他暖融融的笑臉，不由得又嘆了嘆。

第十一章　家譜

「你告訴我，中國歷史上有那麼多皇帝，你裝瘋的時候，為什麼偏偏要做建文帝？」

1

羅開懷回到家時，差點以為進錯了家門。上次離開時滿室狼藉還沒來得及清理，這回卻是截然相反，一推門，眼前空蕩蕩的——畢竟砸壞了許多傢俱，一一添置也需不小一筆錢。

她環視一眼空蕩蕩的屋子，一陣酸澀泛上心頭，這麼一間屋子，他們也很快就要失去了。

小臥室裡飄來煙味，這代表爸爸已經回家了，她酸澀的心放了放，朝臥室裡走去。剛抬起手，門卻自己開了，露出爸爸蒼老了許多的臉。爸爸看著她有點討好，有點膽怯，又有點愧疚。

「開懷，你、你回來啦。」

羅大笑也嬉笑著跟出來：「姐，怎麼沒跟姐夫……多玩一會兒？」後面的幾個字在看到她表情的一瞬間，生生壓低了下去。

羅開懷想自己的表情一定難看極了。她騙了他們，巨額的損失不會有人承擔，房子也要被收走，甚至連她的工作也丟了，這些真相要怎樣一一告訴他們？

爸爸扯了扯嘴唇，臉上又裂出幾道皺紋。「呵呵，那個，乖女兒呀……」

她不忍再看下去，把心一橫，直說道：「爸，他不是我男朋友，我們剛才是騙你的。」

爸爸像沒聽清似的，愣愣地看了她一會兒，良久緩緩點了點頭，應了一聲「啊」，之後便不再作聲，整個人彷彿又乾癟了一圈。

沒有預期中的激烈反應，她反倒更加不安，正想安慰什麼，卻見爸爸擠出一個苦笑，點頭說：「我就說嘛，哪有那麼好的事，賠掉那麼多的錢，馬上就有人眉毛都不皺一下地來還。剛才我在樓頂是太高興了，就一下子什麼都信了，可回來的路上我這心裡就越想越覺得不對勁，總感覺不像真的，你這麼一說，我這心倒是放下了。」說著又長長地嘆了嘆。

爸爸的平靜反倒讓羅開懷一顆心高高懸起。

「爸，對不起，我們剛才也是一時情急才騙了你的。」

「乖女兒啊，不怪你，說到底是爸爸對不起你，難為你連那樣的法子都想出來了。」

「爸，你真的不生氣？」

爸爸扯了扯嘴角，搖著頭後退了兩步，背靠在門邊上，慢慢蹲了下去，喃喃著：「不生氣，我有什麼資格生氣。」說罷，頭埋在膝蓋上良久，雙肩聳動，發出壓抑的嗚咽聲。

羅開懷小心地也蹲下去：「爸？」

爸爸肩頭聳動得更厲害了，雙手抱頭，嗚咽著：「你放心，我不去自殺了，不再去給你添麻煩……只是可憐你們姐弟跟著我，卻連房子都被我敗光了，我這個爸爸做得丟人啊！」

羅開懷聽得心中酸澀，一時也無語。這房子裡有她的童年，有媽媽在世時一家人的歡笑。有時我們怕失去一樣東西，並不是在意這樣東西本身，而是在意它所承載的意義。

她忍住酸楚，笑著說：「房子沒了人還在呀，以後我和弟弟會努力，把這房子再買回來。」

本是句安慰的話，卻像碰潰了爸爸心中的堤壩，爸爸肩膀猛地聳動幾下，放聲大哭起來。羅大笑也手足無措地蹲下來，看看爸爸，又看看姐姐，喃喃地說：「爸，你放心，以後我也不好吃懶做了，我和姐一起努力。」想了想，又從衣服口袋裡翻出幾十塊錢。「姐，這是上次從你錢包裡偷的……就剩這麼多了。」

羅開懷看著那些錢，眼中強忍的淚終於流出來，她沒去接錢，反倒揉了揉弟弟的頭髮，脣角彎起來，撞破一滴淚珠。

待一家人終於止住眼淚，爸爸看了看空蕩蕩的屋子，好一會兒，終於站起身，叫羅開懷和弟弟稍等，自己回到臥室，一會兒捧了個大紙箱出來。

「爸爸沒用，把家都敗光了，現在咱們家最寶貴的就是這些東西了。」爸爸一邊說，一邊打開紙箱。羅開懷和弟弟圍過來，見裡面是幾本他們幼年時的相簿、媽媽的首飾包，還有幾冊線裝書。都是些經年不碰的東西，如果不是爸爸拿出來，他們甚至都不知道屋裡還藏著這麼個紙箱。

羅開懷拿過一本相簿慢慢翻看，心裡湧動著暖暖的酸澀。

爸爸拿出一本線裝書遞給弟弟：「大笑，這幾本是咱們羅家的家譜，你聽好了，以後不管咱們把家搬到哪裡，這幾樣東西都絕對不能丟的。」

弟弟「哦」了一聲，似懂非懂地接過來。羅開懷一聽「家譜」，正在翻相簿的手一頓，不由得也看過去。

「爸，這就是你之前在電話裡和我說的那個家譜？」她一邊問，一邊也拿了一本出來。

「是啊，以前總覺得你們小，就沒拿給你們看，」爸爸嘆著說，「現在這個羅家是交到你和你弟弟手裡了，這東西，也是時候傳給你們了。」

羅開懷輕輕翻開一頁紙，一串串繁體字現於眼前，筆鋒蒼勁有力，彷彿那上面每一個名字都有著不屈的性格，只是紙張略顯暗淡，細細嗅來，有種紙墨久存的味道。她深深嗅了嗅，胸中湧起奇異的感動。

「爸，咱們家那時候姓劉？」

「是啊，隱姓埋名嘛，劉是大姓，不引人注意。」

弟弟聽不明白，好奇地問為什麼，爸爸便將那段家史又講一遍，羅開懷的思緒也隨著爸爸的講述又一次回到了幾百年前。她輕觸紙面，指尖傳來沙沙的觸感，彷彿能感受到那字與字的留白間沒有寫出來，卻代代銘刻在羅家人心裡的隱秘情感。

胸中忽然激蕩莫名。孤軍奮戰的將軍、舉兵謀反的皇叔、年輕的皇帝、多情的皇妃、樓頂上駭人的朱力、夢裡自盡的自己，還有那一枚豔若滴血的玉簪、那與朱宣文有著一模一樣面孔的皇帝……

夢中的、現實的、故事裡的、想像中的，層層疊疊交織在一起，胸中湧起千層浪，一浪一浪衝擊著心志。倒並不是因為那個夢，也不是因為那前世今生的猜想，事實上自從那次經歷了方教授的教誨，她反倒慢慢不再糾結於那個猜想了，所謂一心一世界，你信它，它便是真的，你不信它，便到哪裡都找不到證據。何況就算是真的，人世倏忽幾百年，過去的早過去了，今人卻自有各自的生活，糾結那些又有什麼意義？

只是這一次，這個猜想卻不同。她緊緊地握著家譜，手臂都微微發起抖來。

「姐，你怎麼了？」

弟弟的聲音把她喚醒時，她已不知自己發了多久呆，整個人有種被從另一個時空拉回來似的恍惚。

爸爸也擔心地看著她：「開懷，你哪裡不舒服嗎？」

她急忙應著沒事，把家譜放下，轉身回到房間裡去。爸爸以為她為家中變故難過，倒也沒有喚她，她此時心中想的全是另一件事，也沒注意到身後爸爸低低的嘆息。

2

對著手機，已記不清是第幾次猶豫，窗外暮色低垂，提示這漫長的一天即將過去。羅開懷握著手機的手狠狠緊了一緊，終於按下去。

「Dave，你家少爺今晚有時間嗎？我想見他一面，有要緊的話要對他說。」

電話裡靜了一會兒，響起的卻是朱宣文的聲音：「對你我永遠有時間，你在哪裡？我去見你。」

「我……在家。」

「那十分鐘之後，你家巷口外左邊的那家茶館，我們在那裡見，好嗎？」

「十分鐘？」

從他送她回家到現在已經過去三個多小時了，他還在距她家巷口十分鐘車程之內？那他這三個多小時都在做什麼？還是說，一直什麼都沒做，哪裡也沒去？

反正想也想不出，她心裡還裝著更大的事，索性直接應了，立即動身去茶樓。

她趕到時，他已經在門口等她了，笑容有點神秘，又有點期待，好像有話想說。只是她心情急迫，顧不得別的，一見面便說：「我有話要問你。」

他微微一愣，倒也沒立即追問，只是把她帶進已經準備好的茶室。她連奉茶的女孩子也支開了，Dave見狀說喝不慣這茶，也找了個理由出去，一方雅室只剩兩個人、一盤茶。或許是從未見過她這個樣子，他也面露疑惑地看著她。

「你告訴我，中國歷史上有那麼多皇帝，你裝瘋的時候，為什麼偏偏要做建文帝？」她開口便是這個問題。

他愣了一下，臉上的疑惑僵住又慢慢淡去，最後淺笑了笑。「隨便一想，就是他了，也沒考慮太多。」

「真的嗎？」

她明亮的眼睛注視著他，讓他想起「洞若觀火」這幾個字，彷彿心中最隱秘的角落毫無防備地被人窺見，不過倒也並不狼狽，因為窺視的人是她啊。與其說他害怕被窺見，倒不如說，他等著被她窺見，已經等了很久很久了。

那是個反覆癡纏的夢境，夢裡她清晰無比的臉、眷戀又絕望的眼神，還有她揮簪自盡，頸上噴薄而出的那一抹鮮紅，都如魔咒一般烙在他心裡，讓他夢著醒著都無法忘記。

他也曾以為那是噩夢，想盡辦法試圖擺脫，可也不知從什麼時候起，也許是夢得久了就習慣了，抑或是夢裡她的眼神叫他留戀，他漸漸地便不再害怕那個夢，反倒開始期待在夢裡遇見她，又漸漸地，那期待也變了感覺，他覺得她應該和自己一樣，在這世界的某個角落裡，做著同樣的夢，等待著同一個夢裡人。

他曾經把這想法告訴了Dave，Dave嚇壞了，操著蹩腳的英語幫他找來一位精神科醫生。當時他在英國留學，Dave被爺爺派來當他的保鏢。他沒辦法，只好見了那位醫生，假稱自己只是開玩笑，精神科醫生反覆測試，終於確定他神志正常可以繼續念書，這才抬手放行。從那以後，他便再沒把這個祕密告訴任何人，甚至自己都開始覺得這想法大概真的瘋狂。

直到在那場拍賣會，他見到了那幅畫像，還有那枚玉簪。當時他整個人都呆了，甚至連拍賣師口中的話都沒聽清楚，價也忘了出，只呆呆地看著畫中的她出神。只是最後錘子落下前那一瞬間，他終於猛然回過神來，高舉牌子，叫出了一個叫所有人低呼的價格。

從此他再也不懷疑那個夢境，也不懷疑自己的身份，更不懷疑這世上，還有一個她。

回國後那場車禍，他固然沒有真的撞壞腦子，昏迷數日卻是真的，在那數日裡，之前蒙太奇般的夢境奇跡般地連貫起來，彷彿一場生動的前世重播。那重播那麼真切，以至他醒來的第一瞬，是真的誤以為自己還是皇帝。

這就是他選擇做建文帝的原因。

他有一瞬的衝動，想要把這些都告訴她，可話到嘴邊還是沒勇氣。

萬一她沒做過這個夢呢？萬一她也以為我是瘋子呢？

商場上，他最討厭那些優柔寡斷、患得患失的人，此刻卻忽然明白，那些人並不是天生懦弱，他們只是背負著太沉重的負擔，每一次失敗的背後，都有他們無法承受的後果。

他猶豫一會兒，終於笑著說：「當然。如果一定說有原因，可能是我一直比較喜歡這個皇帝吧。」

「是嗎？」她仍舊眼睛亮晶晶地看著他，並沒有戳破他的意思，「我也很喜歡這個皇帝，據說他是朱元璋最疼愛的孫子，生性仁厚，勤政愛民，繼位以後施行了很多仁政。我想，這大概也是朱元璋執意立他做皇太孫的原因吧，他很適合守江山。」

他神色微動，移開視線看著眼前的茶盤。

她便開始泡茶，邊泡邊說：「只可惜，後來他遇上皇叔燕王謀反，在位只有短短四年，如果他能在位久一點，明朝也許會更好。」她倒好了茶，把茶杯遞給他。「你說，如果再給建文帝一次機會，他還會不會輸給燕王？」

他已經接過茶杯了，沒拿穩，險些將茶水灑出來。

「哪有那麼多如果，」他淡笑著說，「都幾百年過去了，輸就輸了。再說燕王也不錯，後來做了永樂帝，建了許多豐功偉績。」

「皇帝功績多，不代表百姓生活好，如果是建文帝，也許會做得更好呢。」

他沉默一會兒，忽而笑了：「你今天找我來說有要緊事，就是為了談這段幾百年前的皇家舊事？」

她卻並不笑，近乎固執地凝視著他，許久，徐徐問：「那你相信人有轉世，命運天定嗎？」

他正在舉杯喝茶，聞言茶水全都嗆在嗓子裡，一陣驚天動地的咳嗽。

她並未追問他為何如此反應，只是等他平復好了，自顧自接著說：「我相信。你知道嗎？我從小常做一個夢，夢裡我總是用一枚玉簪自盡，我一直以為那是個古怪的噩夢，直到有一天，我在你的家裡親眼看到了那枚玉簪。」

他聽得呼吸都要停止，睜大了眼睛看著她。許久許久，終於幾分欣喜又幾分期待地問：「所以，你是想說，你我是前世注定的緣分？」

「不，不只有我們，還有你的爺爺、父親、二叔，我們每個人都在冥冥中被安排好了位置。你的爺爺是朱元璋，父親是太子朱標，二叔是燕王朱棣，而你，就是那個只在位四年便遭皇叔謀反的建文帝——朱允炆。」

他這回是真的驚訝了。前世今生，他隱隱琢磨過，可若是把家裡每個人都對應上，那也未免太離譜，他從未想過，也並不相信。

「你在開玩笑嗎？」他頗感荒謬地笑著問，隨手端起茶杯一飲，卻發現杯子空了，只好放下，「總不能因為我家姓朱，就把明朝皇家那些舊事都硬扯到我家人身上吧？」

「這不是硬扯，你好好想一想，你父親英年早逝，不正如當年朱元璋的太子病逝？朱元璋明明有朱棣那麼個能幹的兒子，卻執意把皇位傳給孫子，難道不正像你爺爺一定要選你做接班人？你二叔的所作所為，難道不正如燕王謀反？」

她說完停下來，殷殷地看著他，似乎在給他時間思考。

他轉著手中茶杯，良久，卻只是淺笑了兩下。

「若這麼說，那朱元璋其他的兒子都在哪裡？燕王是皇四子，我二叔卻是爺爺的次子；朱允炆不是皇長孫，我卻是我爺爺唯一的孫子。這些細節都對不上，怎麼能說不是硬扯呢？」

她一愣，還真是一時被他駁得沒話說。

畢竟前後差著幾百年呢，什麼都變了，哪能一一對上？

他倒了一杯茶給她，也倒了一杯給自己，笑著說：「我知道，你和許多人一樣，都為我在公司的退出感到不值，可那畢竟是我的選擇，選了就選了，總不能因為一件皇家舊案，就改變初衷和我二叔爭鬥。那樣也太荒唐了，不是嗎？」

她咬唇沉默著，知道憑這些猜想難以說服他，畢竟連她自己一開始都難以置信。她端起自己面前那杯茶，想了想，也一飲而盡。

「好，那就不說什麼前世今生，只說你二叔。梅總和那些老臣力勸你回公司，固然有他們的私心，可朱力那個人，你難道就真的覺得可以把公司託付給他嗎？」

「過去十幾年，他在公司的表現應該就是最好的回答。」

「過去十幾年，是你爺爺在主導公司，不是他。」

「這有什麼關係？」

「這當然有關係，」她身子向前傾了傾，「你爺爺當年一手創辦 **TR**，一生見人見事何其多！如果朱力真的可堪重任，他又為什麼執意把公司交給你？」

朱宣文放在茶盤邊的手握了握，突然起身離席，幾步走到窗邊。這代表他不想繼續這個話題，羅開懷的心稍稍提了提，猶豫片刻，還是起身跟上去。

「我爺爺為什麼選我，我之前已經對你解釋過了。」

「那只是你的理解。你繼任 **TR** 董事長以來，朱力對付你的手段一次比一次狠辣，試問這樣一個自私狠毒的人，如果 TR 是你的孩子，你放心把它交到他手上嗎？」

他的喉頭滾動，雙眼專注地盯著格子窗，可這茶室古色古香，窗上並無可觀風景的玻璃，只是一張紙而已。

「還有我爸爸，」她接著說，「他今天差點從 TR 大廈的樓上跳下去，而讓他如此絕望的，正是 TR 集團漲跌異常的股票。你大可以說股市有風險，我爸爸他又蠢又貪，落到這一步也是咎由自取，可是他沉溺股市這麼多年，雖然賠過很多錢，卻從來沒有一次這麼慘。同一時期、同一板塊的股票，也沒有哪一隻漲得那麼厲害，又跌得那麼凶。你難道真的以為，像我爸爸那樣的小股民，在這次股票異動中所受的損失，是他們應該承擔的嗎？」

「我說過，你爸爸的損失我會承擔。」

「我說的不是這件事，」她的聲音高了點，為他的固執感到不可思議，「你可以救我爸爸，可是有多少人的爸爸是你救不到的？有多少人的損失更大、境況更慘，而你卻根本無從得知？」

「我是人，不是神，本來就不負責拯救萬民。」

「可你原本可以讓這一切不發生。」

他一手抬起扶在窗格子上，緊緊抓住，側頭看著她。她目光灼灼地迎視回去，一分也不退讓。

「如果車禍之後你沒有裝瘋，如果你沒有不負責任地把 TR 推給朱力，也許這場股票災難就不會發生。我不知道朱力在整件事裡扮演了什麼角色，但我知道，他一定不是清白的！」

「是梅總請你來做說客的嗎？」

「不，是我自己決定來勸說你。」

他凝視她許久，終於收回目光。「不管怎樣，這件事我已經做過決定了。」他的聲音變得有點冷淡，「我原以為你會支持我，原以為，你和他們不一樣。」

她愣了愣，一時無言。相處這麼久，這是他第一次用如此冷淡的態度對她。她有些後悔。

這個決定是不是做錯了？

他走開幾步至桌邊，給自己倒了杯茶，一氣喝下，卻發現擱置太久，已經涼了，還有些苦。

「我還有事，如果你沒有別的話要說，我就先走了。」他說罷頓了頓，似乎在等著她回答，等了一會兒見無回音，終於向門口走去。

「等一下！」她終於說，「我還有個問題想問你。」

事實上，這個問題才是她約他見面的真正原因，也是她決定勸說他的真正原因，只是從頭到尾，哪怕是到了這一刻，她也仍然不想問出口。

他已走到門邊，聞言立刻就停住了。

「哦？」

「你父親……當年是不是心臟不太好？」

他皺了皺眉：「為什麼突然問這個？」

「你先告訴我，是還是不是？」

「……是。」他頓了頓又問，「你怎麼知道？」

她不知道，她只是猜測，她多麼希望自己猜錯了，然而似乎並沒有。

她並不理他的提問，只是自顧自說：「我的所長秦風，叫我給你吃的那種藥，嚴格來說並不是毒藥，只是能害人性命而已。所以如果當時你吃了，就算藥發身亡，屍檢結果也看不出什麼，最多檢驗出你服用過抗幻覺的藥，而你本來就有妄想症，那樣的結果簡直太正常了。」

他的眉毛皺得更深了，似乎意識到什麼，又似乎完全不明白。

「你到底想說什麼？」

「治療精神病的藥物，有的能夠誘發心臟衰竭，如果患者本身就有心臟病，趁他勞累的時候給他吃上一兩顆，很容易要人性命，神不知鬼不覺。」

他一下反手扶在身後的門上，緊接著整個人靠上去，發出一陣荒誕的大笑：「繞了這麼大個彎，難道你是想說，我二叔十幾年前就勾結了秦風，他們聯起手來在我父親的藥上做文章，所以，我父親其實是死於謀殺，而不是過勞猝死？」

「能推理得這麼清楚，看來你也不是沒這麼想過。」

「我當然沒這麼想過，因為這不可能！」

「為什麼不可能？朱力為了得到公司，現在能對你下手，當年為什麼就不能對你父親下手？你也說過，你爺爺一直想讓你父親做接班人。」
「那不一樣！」他大聲說著，似乎想找一個證明那不一樣的理由，想來想去卻什麼都想不起來。
他背靠在門上呼吸急促，整個人與這清幽的茶室極不協調。
她心裡一半不忍，一半刺痛，可既然開始了，就回不了頭。
「再想想你爺爺那份遺囑，是什麼樣的理由，讓他把所有股份都給了你，卻一丁點都不留給你二叔？那樣的遺囑，真的合理嗎？」
他冷笑：「難道你是說，我爺爺知道我二叔當年謀殺了我父親，所以才不把遺產分給他，以示懲罰？」
「這很可能，不是嗎？」
「不是！如果我爺爺早就知情，他為什麼不報警？為什麼還留他在公司裡？他以為只是不分給他遺產，把股份都留給我，這樣就夠了嗎？」
她並不回答，因為這並不是需要她來回答的問題。她有些悲憫地看著他，等著他自己慢慢平復。
「你告訴我，」他終於平復了一些，又問，「你今天所說的這些，證據在哪裡？」
「我沒有證據，」她如實說，「這些全都是我的猜測。」
他愣了一會兒，接著發出連續不斷的低笑，像聽了個天大的笑話。
「猜測？」

「你可以相信，也可以不信，又或者，你可以回去好好想一想，再決定信還是不信。」

他終於止住了笑，眼神冰冷，是她從未見過的眼神。

「羅開懷，梅長亭他們到底給了你多少好處，讓你如此煞費苦心地勸說我？」

「他們沒有找過我，我並不是在幫他們。」

他沒心情聽她辯解，反手打開茶室的門。

「今天真的夠了，夠了，你說得夠了，我也聽夠了。」他一邊說，一邊倒退著出去，「就這樣吧，羅開懷，我很後悔來見你，很後悔。」

伴隨著關門聲，他的身影消失在門外，只剩一雙眼睛，在她眼前揮之不去。

一個人的茶室陡然安靜，他用過的茶杯空置在桌上，杯旁一串水漬。他信了，她知道，此刻她卻很後悔，正如此前她曾那樣迫不及待。

他說他後悔來見我，很後悔。我錯了嗎？

一縷疑惑自心中滋生，宛若雨後滋生的藤蔓。

我那樣猜測真的對嗎？又或者，即便是對的，又真的應該對他說嗎？

3

餘暉已暗，一日的喧囂卻遠未結束。茶樓一側是回家的小巷，另一側商鋪林立，彷彿一間一間排開去，永遠都走不到頭。羅開懷心神不定，下意識地朝回家的反方向走去。

火鍋店裡傳出熱氣騰騰的歡笑，咖啡館門口裝飾著顏色豔麗的鮮花，前行不遠有一家汽車4S店，寬大的玻璃窗宛若一面水晶巨幕，裡面是弧線流暢的最新車型。

羅開懷沿途默默走著，漸漸覺得自己大概是真的錯了。六百年物換星移，什麼都變了，前世今生，那是多麼荒唐的想法。前陣子診所有位醫生得了抑鬱症，當時她想自己專業過硬，心靈強大，絕不會被患者拉下水，如今看來全不是那樣，才治了個假精神病，反倒差點把自己弄得真神經病。

她嘆了嘆，退一步說，就算前世今生真有其事，他的父親又真的會是朱力害死的嗎？只是毫無證據的猜測，她那會兒卻近乎偏執地堅信，還發了瘋似的要說給他聽。說了又能怎樣？什麼都改變不了，徒增他的煩惱而已。

眼前又浮現出他離開前那種陌生的眼神。

他說，羅開懷，我很後悔來見你。

「小姐，要看房子嗎？」一個熱情的聲音打斷她的思緒。

羅開懷回神，發現自己正站在一家房屋仲介的門口，熱情的聲音來自一位梳中分頭的男子。這才想起，自己很快就要無家可歸了，倒真是需要租個房子呢。她點了點頭，牽線木偶似的隨男子進店。

店裡沒有別的客人，男子全部心神都在她身上。

「小姐您現在買房就對了，」中分頭熱情地給她倒了一杯水，「別看都說房價跌，過一陣子啊，還得漲，您沒看人工和原料都在漲，那房價哪有跌的道理？您現在買真是太有眼光了！那個，您想看什麼戶型，多大面積的？」男子邊說邊走到電腦前，手腳像嘴巴一樣快。

羅開懷被他說得一陣心虛：「呃，我是租……租房。」

中分頭一愣，旋即還是熱情如舊：「哦，租房好呀！您別看房價連年漲，說到底這房子又不是投資品，如果沒有需求，還是租來住划算的呀。嗯，您要多大面積的呢？」

「小……小一點就好。」

「小一點的？」

「嗯。」羅開懷點點頭，不知為什麼，這一瞬，她忽然覺得中分頭看她的眼神有點異樣，正在想是不是自己敏感了，忽見中分頭又遞給她一個本子。

「小姐，您幫忙登個記好吧？如果今天找不到滿意的，回頭有了新房源，我好聯絡您。」

本子上皆是客人們登記的姓名和電話，羅開懷不疑有他，大方地登記了。男子接過看了看，眉目舒展地笑了笑，打開電腦飛快地查起來。

「哎喲，小姐，您真是好運氣！」說著把電腦轉向她，「您看看這個，一百多平方公尺[3]的面積，五十多平方公尺的房租，房子新，傢俱又全，您要是現在租，馬上就可以住哎。」

「這個太大了，我還是要小一點的吧。」

「大是沒錯，可您看清楚了，房租和小房子是一樣的，我全店可就只有這一套，您這是占了先機的便宜，要是明天早上來，可就不一定有了呢。」

她仔細看了看，那房子確實不錯，房租卻低得離譜，她沒有占便宜的嗜好，腦中第一反應是，為什麼？

「這個，不會是凶宅吧？」說完自己脊背都一涼。

中分頭一愣，緊接著連忙擺手：「不會不會，這房源我們都調查過，您要是不信，可以自己去社區裡打聽的。」

那樣才不會打聽到什麼，社區裡的業主為了不讓房子跌價，都不會承認裡面有座凶宅，恐怖小說都是這麼寫的。想到這裡心裡又一陣發毛，她連忙擺擺手：「不要這個，我還是看看別的。」

「這麼划算您都不要？」

「呃，位置有點遠，您這裡還有別的嗎？」

3 100 平方公尺約等於 30.25 坪。

「不遠，您看，附近還有地鐵站，到哪裡都方便……」

「要是沒有，我改天再來吧。」

見羅開懷起身要走，中分頭連忙叫住她，猶豫了片刻，一拍桌子，索性和盤托出。

「我就跟您實話說了吧，這房子真是一點毛病都沒有，租金也是很貴的，可今天下午有位先生來過，說如果有位像您這樣的客人來租房子，就讓我把這套給您，中間差價他會給我補齊，連訂金都交了的。」

羅開懷略一思索，便明白了怎麼回事。

「那位先生是不是寬額頭，高鼻樑，嗯，身材不錯，身高大概這麼高？」她抬手比量著朱宣文的身高。

「是的，是的呀！」中分頭一副成人之美，好開心的樣子，「小姐您真是好福氣哦，男朋友悄悄替你付房租都不讓你知道，我做房屋仲介這麼久，還是第一次遇上這種事，我看你就領了他的好意吧。」

原來他這三個小時就是在做這件事？羅開懷覺得難以置信，可是又沒有別的解釋。

難道他早料到我要在這附近租房子，所以就預先來打好招呼？可他怎麼知道我會到哪家房屋仲介？難道說，他在附近每一家都打過了招呼？一瞬覺得自己太過自作多情，一瞬又想起在茶樓見面時，他有些神秘的笑容。

如果真是那樣，他是不是原本打算喝完茶，就邀我到這邊散步？她心中忽然湧動起難以言喻的感覺。

「小姐，這房子您要嗎？」中分頭揣摩她的神情，似乎篤定她一定會要。

羅開懷回過神來，還是擺手：「不要了，老闆，我還是看看其他的吧。」

中分頭意外了一瞬，思索一下又什麼都懂了似的，一邊幫她找新房源，一邊推心置腹似的繼續嘮叨。

「小妹妹，我跟你講啊，這房子你可以不租，不過這個男人啊，我勸你還是要考慮一下的。我開店這麼多年，也算閱人無數，他這個人啊，面相一看就不一般，天庭方闊，鼻樑挺直，這叫龍顏，在古代是叫有帝王相的……哦，有了，你看這個怎麼樣？」

羅開懷接過電腦，有點在意他的話：「老闆，你說他有帝王相？」

「對啊，還不止呢，還有癡情相，看上了誰都是死心塌地一輩子，這種人萬中無一，小妹妹你可真的要好好珍惜哦。」中分頭說得中肯至極，好像被看上的是他自己一樣。

羅開懷笑了笑，覺得眼前這小戶型價格公道，位置也近，好像為她量身準備的一樣。

「老闆，我就要這套了，只是比較急，這兩天就搬行嗎？」

中分頭還沉浸在牽紅線的興奮中，一時竟然有些出神：「啊？這就定下啦？不再看看別的？」

「對不起啊，老闆，我還是不能要那套大的。」

店家佣金以租金百分比計算，自然是租套大的利潤多。中分頭明白過來她的意思，笑著揮揮手：「哎，哪裡的話，別看我剛才說那麼多，租哪套房子、要哪個男人，當然還得看你自己的意願。」

這店家很有意思，羅開懷開玩笑說：「老闆，您要是剛才不告訴我實情，也許過兩天我比較一下，又回來租那套大的呢。」

「那我也得告訴你，我這人啊，最見不得把話藏在肚子裡，原本我都想好了，你就算租了那套大的，到最後我還是會告訴你實情。」

「為什麼？那樣不算洩露客戶祕密？」

「什麼祕密不祕密的！」中分頭一揮手，上來一股認真勁，「你們這些年輕人啊，也不知從哪裡學來的，有話都不直說，為對方做點事也偷偷摸摸的。要我說，有什麼怕的呢？有話就說出來，有意思就表達出來，給對方一個明明白白選擇的機會，這樣多好，省得以後後悔。」說罷嘆了嘆，一副有故事的人的模樣。

羅開懷琢磨著他的話，一時也有點出神。

中分頭遞幾張紙過來：「小妹妹，這是合約，你先看一下？」

「哦，好。」她看起來，視線卻始終落在一處，許久抬起頭，突然對中分頭說，「老闆，謝謝你。」

中分頭似乎沒想明白自己有什麼值得謝的，忙擺手：「哎，客氣客氣。」

「是真的要謝謝你。」

謝謝你讓我明白，我今天對他說的話是有意義的。雖然如何選擇是他的事，可至少選擇前，他應該有一個明明白白做選擇的機會。

4

還有十分鐘，他整了整西裝衣袖，越過辦公桌，走到落地窗前站下。

今天的陽光很好，像他的心情一樣好。從高高的大廈望出去，遠處天藍雲淡，整個城市都彷彿臣服在他的腳下，讓他有種君臨天下般的感覺。這感覺非常棒，他迎著陽光笑了笑，像在接受命運的禮讚。

他是有資格接受這禮讚的，不是嗎？過去幾十年，沒有人真正知道他經歷過多少艱辛，挨過了多少隱忍，遭受過多少不公，又付出了多少努力。所幸他都堅持過來了，也只有他能堅持過來，只有他，才配享受這命運真正的禮讚。

父親、哥哥、侄子，他們都曾像命運的寵兒，站在朱家榮耀的舞臺上，享受唾手可得的榮光，可那又怎樣呢？命運真正的榮光，從來只屬於堅忍不屈的強者，而在朱家，這個強者只有一個，就是他。

只差五分鐘了，他的心跳得快了些。會議室那邊所有人都已經準備好，只等他過去，他有些迫不及待，可還是決定遵從計劃好的時間。這次會議在他心中有著近乎神聖的地位，他像一個虔誠的信徒準備踏進夢寐以求的殿堂，每一次呼吸都怕錯了節奏。

咚咚咚！

是敲門聲，男助理端著茶杯走進來，恭順地說：「朱董，為您泡的新茶，茶溫剛剛好，您潤潤喉嚨？」

今天董事會的主題是選舉新董事長，助理提前叫一聲「朱董」，預祝和討好之情滿溢。朱力卻皺了皺眉。敲門聲打斷了他的思緒，送茶也不在他預計之中，助理雖是一番討好，他卻感覺像是禮佛前被絆了一絆，有點不那麼順暢。

助理不知自己有什麼錯，忐忑地端著茶杯。茶香嫋嫋飄出來，是他喝慣了的味道，他嗅了嗅，忽而又改了想法。也許這並不代表橫生枝節，而是命運的預祝、冥冥中的暗示呢？心念及此，他轉眼又現出好臉色，伸手去接茶杯。

助理前一刻還在想自己哪裡錯了，沒想到老闆這麼快又變臉色，一個沒遞好，茶杯晃了晃，一點茶水濺濕了高級訂製西裝的衣袖。朱力這回是真憤怒了，馬上把茶杯放到桌上。

「你想幹什麼？」

助理忙一邊惶惶道歉，一邊從櫃子裡又拿一件西裝出來，老闆的心思他終於琢磨出來了。

「朱董，這件您換上，脫下舊的換新的，這是吉兆呢。」

哦？這話又像一股清泉，嘩啦就澆滅了呼呼燃燒的小火苗。朱力忽然又覺得自己是過於緊張了，今天是大日子，萬事俱備，可不要先自亂陣腳。

十點整，吉時已到，他再沒有時間浪費在這些瑣碎的情緒上，理了理新西裝的衣袖，乾脆地出了辦公室。

脫下舊的換新的？嗯，這話說得不錯。

5

TR很久沒有開過這樣的會了。幾個月來，老董事長去世、新董事長出車禍、業績下滑、股票暴漲又暴跌……TR就像一個原本健步如飛的巨人，突然就生出許多毛病，路也走得磕磕絆絆。沒有人知道接下來該怎麼辦，只知道再不能像現在這樣，必須做出一些改變。

與會者幾乎已全員到齊，其中有三張生面孔，應該是趁此次股票大跌，入股TR的幾家新公司的代表。他們的存在讓股東們想起自己大幅縮水的股票，臉色進而都難看起來。

會議室的門被推開，就是在這個時候。

朱力踩著穩健的步子走進來，神色凝重而不沮喪，眉宇間一股挽救大廈於將傾的王者之風，許多正在沮喪的股東見了他，神情都為之一振。他是今天臨時股東會議的發起人，也是最有力的候選人，但願他能帶領 TR 走出這場困境吧。

梅長亭不顧風度，給朱力一記眼刀。朱力堅毅的下頷緊了緊，直接走到主席位旁邊坐下，朝近在咫尺的座位瞥了一眼。那個座位暫時還空著，不過很快就會有新主人了。

行大事者不拘小節，梅長亭，等我有空再料理你。

「各位股東，今天召集大家來開這次臨時董事會，原因相信大家都已經清楚，」朱力凝重地說，「我們 TR 最近發生了許多事，公司遭遇了自創辦以來最嚴重的一次危機。」

股東們發出一陣輕微的譁然。遭遇了危機大家都知道，但是「創辦以來最嚴重」？有那麼嚴重？

「危機的根源，說到底，是現任董事長數月前發生的車禍，車禍後董事長陷入了昏迷，之後便由我臨時主持公司事務。作為代總經理，我必須向大家坦承，對之後發生的事情，我負有不可推卸的責任。」

有的董事不動聲色，有的以眼神交流。

朱力掃了眼眾人的反應，接著說：「事實上，董事長車禍後並沒有昏迷太久，而我卻向諸位和外界隱瞞了這個消息。至於隱瞞的原因，」他嘆了嘆，「相信諸位都已經知道了，是董事長醒來後患上了妄想症。這種病十分罕見，我也未曾見過，原以為很快就會好，便自作主張暫時隱瞞了消息。」

董事們有的點頭，有的嘆息。數月前朱宣文在這裡繼任董事長的一幕記憶猶新，那年輕人有著天人之姿，又有老董事長生前力薦，大家都以為他會帶領 TR 走向前所未有的新高度，誰知天有不測風雲。

天妒英才總是讓人嘆息，一時氣氛更加凝重。

「為了不影響公司運營，我一方面對外隱瞞消息，一方面祕密尋找心理醫生為董事長治療，可誰知治療日久，董事長的病情不但未見好轉，反倒因心理醫生的疏忽使病情洩露，進而嚴重影響了我們公司的股價。我在此次事件中負有最大的責任，為此，再次向諸位董事道歉。」

一番話雖是道歉，卻把「我一向傾力為公，熱切盼望董事長好起來，可董事長就是好不起來，我也實在是沒有辦法」這幾重意思表達得淋漓盡致，聽得董事們頻頻點頭。

「朱經理，這些我們都了解，您的初衷也是為公司好，就不必自責了吧。」一個坐在末尾的董事說道。

另一個立即接上：「是啊，今天的主題是選舉新董事長，咱們現在就開始吧，我選朱經理。」

「我也選。」

「我也選。」

頃刻就有幾個人跟風。

朱力連忙擺手：「承蒙大家如此信任，我朱力感動之至，只是董事長一職責任重大，我實在不敢貿然擔此大任。」

末尾的董事便又發話：「您不敢當誰還敢呢？這些年您為公司做的努力大家都看在眼裡，現在是危急關頭，朱經理您就別推辭了吧。」

「是啊，您就別推辭了。」

「別推辭了。」

朱力無可奈何地笑了笑，一副「真是拿你們沒辦法」的樣子，嘆了嘆說：「承蒙大家如此信任，公司發展事大，我也就不執意推辭了，只是今天的候選人不只我一人，大家還是要按程序表決……」

「哈哈哈哈……」

一陣嘲笑聲打斷朱力的話，朱力一滯，向梅長亭投去森寒一瞥：「梅董事，你這是做什麼？」

梅長亭輕蔑地看著他，冷笑說：「朱力，奪權篡位，擁兵自立，自古再不顧臉面的逆賊，上位前都要假意先推辭個三番五次，你推辭一次就迫不及待地答應，這上位的心，夠急的呀。」

還有幾位董事跟著發出嗤笑聲。

朱力的臉一陣黑一陣紫，胸中烈烈怒火，許久後終是壓了下來。梅長亭的發難在他預料之內，他忍功蓋世，斷不會為此等小事亂了方寸。

「梅總，你對我個人有任何不滿，都可以在私下向我表明，可現在是召開董事會，能否請你暫時以公事為重，先放下私人恩怨呢？」

幾句話，既解了自己的尷尬，又顯得梅長亭公私不分，朱力瞄了瞄董事們的反應，暗暗給自己的反駁打滿分。

「我和你沒有私人恩怨，」梅長亭大聲說，「我在這裡說的也是公事，朱力，你沒資格參選董事長。」

朱力實在是想狠狠地反駁他一番，可又覺得自己不該戀戰，否則會被他拖亂陣腳。他笑了笑，說：「好，梅總盡可以保留自己的想法，如果沒有其他問題，我們的選舉就繼續進行了。」

會議室的大門再次被推開，就是在這個時候。

朱力皺了皺眉。告訴過助理會議期間不要進來添水，他怎麼就是記不住？他很不滿地看向門口，緊接著，整個人剎那凝固，正如此時凝固住的其他董事一樣。

朱宣文一身銀灰色西裝打扮站在門口，笑盈盈地看著呆掉的眾人。

「抱歉，各位董事，我來晚了，聽說今天有臨時董事會，希望我沒有……遲到太久！」

他的聲音像他的微笑一樣溫和，宛如三月春風，四月楊柳，只是在場的董事們一個個都目瞪口呆，似乎看不懂他這是病著呢，還是好了呢。

終於，梅長亭第一個反應過來，驚喜得幾乎要哭了：「沒遲到，董事長你沒遲到，你來得剛剛好，剛剛好啊！」

「那就好。」朱宣文點了點頭，施施然走到會議桌正中那空著的座位旁，又悠然坐下，笑著問朱力：「朱代總經理，今天會議的主題是什麼呢？」

朱力花了好長時間才把嘴巴閉上。今天是他特別為自己選的良辰吉日，他在會前千算萬算，卻百密一疏，沒想到會出這麼個狀況。不過這也沒什麼，年輕人到底缺乏歷練，事到如今，他以為隻身闖一闖董事會就能改變什麼了嗎？哼！

想到這裡，他僵硬的臉終於緩和一些，又瞇了瞇眼睛，淺笑著說：「皇上，您又來微服私訪了？」

會議室靜得針落可聞，每個人都緊盯著朱宣文，就連梅長亭都緊張地看著他。

朱宣文先是微微一愣，接著環視一圈眾人，最後露出恍然的神情，笑著站起來，說：「各位董事，我前段時間因為遭遇了一場車禍，的確是會偶爾產生幻覺，不過，經過這陣子的精心調養已經完全康復了，從今天起將正式回到 TR，為公司未來的發展鞠躬盡瘁。」說罷才看向朱力，笑容倒是不減：「所以，朱代總經理，你聽明白了嗎？」

氣氛有點微妙，大家的視線又都落到朱力身上。

朱力和藹地搖了搖頭，笑著說：「宣文哪，不是二叔不信任你，你前幾天在樓頂才剛剛鬧過那麼一次，那天就是這樣，前一刻還像康復了一樣，後一刻馬上又犯病，你的病情如此反覆，叫我們如何相信你能勝任現在的工作呢？」

朱力自認這一問夠刁鑽，朱宣文答不答得上來倒在其次，關鍵是要說給董事們聽，只要董事們不相信他病好了，今天這個改選會就得照樣開。

誰知朱宣文全然不在乎。

「我那是開玩笑呢，」他說著又輕鬆坐回椅子上，往寬大的椅背上一靠，斜挑一絲輕笑，「那麼明顯的玩笑都沒看出來，二叔，你欠缺幽默感喲。」

「你……」朱力有種一拳打空了的感覺。

「哦，對了，」朱宣文打斷他，「你我雖是叔侄關係，但這裡畢竟是公司，公事場合，我們還是以職務相稱，怎樣，朱代總經理？」

朱力感到被壓抑的火苗在不斷上升。

「好，董事長，」他的笑容冷了冷，「不過董事長，事實上今天這個會……」

「今天這個會我並沒有授權你召開，」朱宣文再次打斷他，正色說，「召開董事會不是兒戲，我希望你這是第一次，也是最後一次。」

空氣裡已隱約有火藥味，董事們一個個屏息凝神，沒有一個人出聲。本以為只是一場董事長改選會，沒想到竟然能看到現場版的叔侄大戰，真是賺到了！若是能打得精彩點，損失的那點股價也算不太虧了。

朱力的眼睛又瞇了瞇，眼中精芒綻放。「是不是最後一次，還要看今天選舉的結果如何。董事長，其實有件事我正要告訴你，鑒於你的病情不能再勝任這項工作，今天這個會的主題就是罷免你，重新選舉一位董事長。」

四目相對，宛若短兵相接。剎那間，兩人所處空間彷彿與四周隔絕，西風冷，秋水寒，黃沙捲落葉，天地間一片蕭條。朱力忽然感到一陣暢快，早就該有這麼一場對決了，讓我們實實在在地打一場，看看誰才是真正的勝者。

「噗！」朱宣文忽然笑了出來。

朱力愣了一下，彷彿運勁正酣時對手突然撤力，摔得他一個踉蹌。

「如果是這樣的話，那大家還愣著幹什麼？」朱宣文對董事們笑著說，「現在就可以散會了。」

不是吧？散會？董事們一下子面面相覷，好像電影看得正起勁，突然停電了，這誰受得了？

這時梅長亭笑呵呵地站了起來：「既然董事長這麼說，那就散會吧。董事長的病好了，也就沒必要改選了嘛，還是讓我們祝賀董事長康復歸來吧，哈哈哈……」

這樣啊……

有反應快的已經從觀戰情緒裡跳出來，附和著表明立場。

今天這改選肯定是選不成了，朱力竹籃打水一場空，沒必要跟著他當壞人，至於朱宣文的病嘛，最近外面謠言滿天飛，不過謠言這東西，今天能坐在這裡的人誰都知道那不能輕信。看情形，朱宣文的病是假，叔侄大戰是真，早就聽說朱家水深，還是不要攪和進去，做個安安靜靜的董事比較好。

情緒這東西會傳染，一個傳染兩個，兩個傳染三個，眼看著會場的風向要變，朱力突然橫眉立眼掃過去：「等一下！」

一聲厲喝，龍膽虎威。

一位董事正要站起來祝賀，被這一聲嚇得又坐了回去。

「董事長，恕我直言，今天不論這個董事會開與不開，你這個董事長都不能再繼續做下去。」

「哦？」

「TR 集團不能由一個患有妄想症的人擔任董事長。你雖然現在自稱康復，可誰能保證未來不復發？你此次發病，已經影響了公司股價，未來如果再有這樣的事情發生，我不答應，廣大股東也不答應！」

一番話說得義正詞嚴，扭得會場氣氛又微妙了幾分。剛才沒表態的懂事這時又紛紛以眼神交流：怎麼樣？果然還有精彩劇情吧？

呼吸可聞的安靜，各懷心事的眼神。

朱宣文忽然發出一聲輕笑：「我要是堅持呢？」

「那我只好申請召開全體股東大會，」朱力一字一字，擲地有聲地說，「讓全體股東來投票表決，看看你和我，誰更有資格做 TR 集團的董事長。」

「好！」朱宣文立刻答應，彷彿就等著他這一句似的，「那就一個月後，我們全體股東大會上見。」

梅長亭搓著手，一時有點看不出這結局對誰更有利。董事們除了面面相覷，也只能換張臉繼續面面相覷，原本等著看結局的，沒想到來了個下回分解。不過，還有下回！

第十二章　委託人

「原來你就是委託人？」她終於開口，聲音淡淡的，和笑容一樣帶一種意味不明的含意。

1

整個頂樓，今天都飄蕩著一種無聲而激動的氣氛。時隔數月，董事長辦公室終於又注入了生氣，這讓全樓層的女員工都歡欣雀躍起來。秘書部新到職的小姑娘還沒見過朱宣文本人，以一整套泰式SPA的價格向董事長助理哀求一次送茶水的機會，都被斷然拒絕了。

開玩笑，給董事長送茶水呢，十次SPA都不換好嗎？不，是多少次都不換。

激動的心，顫抖的手，女助理推開辦公室的門，剛走進去，就被裡面凝重的空氣嚇了一跳，她悄悄環視一眼沙發上坐著的人，不敢發一語地又輕輕退了出去。不過是幾張集團裡的熟面孔而已，為什麼今天坐在一起，氣氛卻如此不同？

「東盛、霓裳、Vida（薇達），這三家都是奢侈品行業的下游公司，其中Vida去年年初表達過與我們合作的意願，但是因為工藝不過關，被老董事長拒絕了。」

一位斯斯文文、戴無框眼鏡的男子將一疊資料遞給朱宣文，隨手端起一杯茶水潤喉嚨。男子第一眼看像是三十多歲，細看卻有五十多，正是羅開懷爸爸跳樓那天在樓下阻攔朱宣文離開的人之一——TR華南區總經理譚曉輝。

「半年多以前，老董事長病重期間，朱力推出了一個『人人都買得起的奢侈品』專案，」譚曉輝接著說，「正是從那個專案開始，這三家公司開始了與TR的合作，並且開始悄悄收購TR的股票。」

「人人都買得起的奢侈品？」朱宣文慢慢翻著資料，雖沒再說什麼，言外之意卻未加掩飾。

「沒錯，這三家的工藝都不足以達到我們的標準，但如果稍稍降低要求，又有 **TR** 的品牌加持，產品在下一個消費等級便很受歡迎。」

「呵，這就是所謂的『人人都買得起』？」

「是啊，」譚曉輝嘆了嘆說，「這個專案短期看銷售資料的確不錯，代價卻是犧牲了 **TR** 的品牌形象，從我們華南地區來看，真正奢侈品的銷售已經受到了影響，相信其他地區也是一樣。」

朱宣文點點頭，闔上資料。「這個項目對我們 **TR** 弊大於利，對他們三家卻不同，如果能藉此機會和 **TR** 建立長期合作，未來發展會很有空間。」

「正是這樣。所以，如果能擁立朱力做董事長，便可以保證這個專案長期進行，對他們三家來說，也相當於抓住了一次難得的發展機會。」

「在商言商，」朱宣文嘆道，「他們這樣做倒也無可厚非。」

「是啊，所以他們才會合成一致行動人，不遺餘力地支持朱力。剛剛的臨時董事會，如果不是您及時趕到，恐怕現在朱力已經當選了。」譚曉輝說完，似乎仍心有餘悸，端起茶杯喝了一大口。

朱宣文沉默一會兒，忽而笑著也端起茶杯。「難怪剛才我一進會議室，那三個人見到我，都像見到鬼一樣。」

譚曉輝哼笑：「朱力今天沒當選，他們三個恐怕才是最難過的。」

梅長亭半天沒出聲了，這會兒看看譚曉輝，又看看朱宣文，思索著問：「所以，剛才會上那三張生面孔，就是東盛、霓裳、Vida 三家公司的代表？」

譚曉輝正把茶杯放回茶几，聞言手頓了頓，乾笑兩聲：「是啊，呵呵，是啊。」

朱宣文一口茶水正吞在喉嚨裡，此時也突然嗆住，緊咳了幾聲。

親愛的姑丈啊，難怪爺爺一直沒有重用你，朱力也不肯重用你，現在就算是我，恐怕也是不能重用你的呀。

梅長亭遞過一張紙巾，關切地問：「宣文，你這是怎麼了?是突然想起什麼了嗎?」

「呃，沒有，沒有，」朱宣文有幾分心虛地拿紙巾堵住嘴，緩一會兒才說，「我是在想，他們三家公司和朱力的股份加起來，剛好與我相當，這說明朱力為這一步也是做了準備的，接下來的全體股東大會，我們恐怕要盡全力才行。」

「恐怕要盡全力」的意思，就是「即使盡了全力也未必能贏」。這回梅長亭也聽出來了，憂心忡忡了一會兒，毅然說：「那我們現在就抓緊行動吧，把這張名單分幾部分，我們分頭去遊說。」

「不行，」朱宣文卻說，「不能分頭，我要一個個親自去見。」

譚曉輝和梅長亭異口同聲：「每一個?」

「對股東們而言，我是否親自和他們談，代表著是否重視他們。也許他們並沒有那麼在意我和朱力誰做董事長，卻絕對在意自己是否被重視。」頓了頓，又說，「也許還有人覺得我太年輕，當面見一見，也好打消他們的顧慮。」
譚曉輝想了想，點頭說：「也有道理，不過一個月的時間太緊了，有些小股東，我和梅總去應該也可以。還有，朱力的擁護者也不用見了吧？他們是朱力的人，去談也是浪費時間。」
「小股東才更在意這個。」朱宣文說，「一個月雖然緊，不過這張名單上的人，應該也還是可以見完。另外朱力的擁護者也要見，沒有誰一定就是誰的人，只要做足功課，一樣有機會爭取他們過來，若是我們先拋棄了他們，就等於自己先放棄了一些可能。」
「話雖這麼說，」譚曉輝不可思議地說，「可如果這麼爭取的話，這一個月你幾乎就要不眠不休了呀，朱力也未必會這麼努力。」
梅長亭思忖一會兒，也跟著點頭。
朱宣文正要說什麼，手機忽然響了，他做了個抱歉的手勢，接起來只說了幾句，掛斷時面露笑意：「梅總，譚經理，我們的大戰要開始了。」
「這麼快？」
「現在？」
朱宣文點頭：「梅總，你現在和我去見第一個要談的股東。譚經理，請你以華南區的銷售為依據，針對『人人都買得起的奢侈品』專案對 **TR** 品牌形象的影響做一個報告，我們要在股東大會上用。」

兩人先後應了，和朱宣文一起離開辦公室。走到門口，朱宣文忽然又站住，對譚曉輝說：「譚經理，雖然我們這次的對手是朱力，不過從現在起，我們最好把他忘掉，因為接下來我們要盡全力，沒有時間，也沒有必要去想對手是否也盡了全力。」

譚曉輝愣了片刻，接著認真地打量起眼前這個年輕人來。

當初老董事長執意把股份都給他，病重時又殷殷叮囑他們，一定要支持他兼任總經理，他雖說是答應了，可也有一半原因是看不慣朱力的行事作風。事實上對他們這次叔侄大戰，他直到剛剛都還不確定自己選擇站在朱宣文這邊到底是對是錯，不過現在，他忽然覺得自己押對了寶。

譚曉輝默默打量朱宣文的眉眼，他長得像他的爸爸，五官不像老董事長那般冷硬，可是眉宇間卻隱隱有種和老董事長一樣的風骨。他有一瞬震驚於自己的遲鈍，老董事長何等天人，他屬意的人選，自己竟然到現在才徹底相信。

「譚經理，你怎麼了？」朱宣文問。

「哦，」譚曉輝笑了笑，開玩笑說，「董事長，我是在想幸好我們是一起的，否則如果我是你的對手，有你這樣的敵人那該多可怕。」

朱宣文也笑了：「接下來這一個月，你恐怕會發現有我這樣的隊友也很可怕。」

2

每天只睡四小時，一週七天，一連三週，就算是個機器人也會累得沒電。不過這還不是最叫人難過的，最叫人難過的是，自己並不必這麼累，自己在意的人卻必須這麼累。所以 Dave 在等人的空檔、開車的路上，都見縫插針地叫朱宣文休息。

「少爺，一會兒要見的股東臨時有事，把見面推遲到了晚上八點，現在還有三個小時，要不您在車裡睡會兒？」

也實在是累得久了，一聽到「睡」字，朱宣文就像突然被催眠大師下了咒語，只覺全身上下都疲憊了起來，骨頭縫裡都滲出倦意，他伸展了一下身體，靠在椅背上，眼皮慢慢地就沉重起來。

一個念頭閃過，他忽然又睜了睜眼：「Dave，去趟杏林巷。」

「杏林巷？」這地名很陌生，Dave 回憶一會兒，終於想起來，那地方他只去過一次，就是送羅開懷回家。

「少爺，您要去見羅醫生？」

朱宣文累得不想說話，給他一個「不然呢」的眼神。Dave 趕緊閉緊嘴巴，只是車子上了路，想想還是關心地說：「少爺，從這裡到杏林巷還得開一會兒，您還是先睡吧，到了我叫您。」

話落卻沒聽到回答，Dave 側頭看去，見朱宣文已經睡著了。他低低嘆了嘆，小心地把車子開得更穩。

車開到杏林巷時已經六點多了，羅開懷家是幾十年的老房子，窗子臨著街，街上又不好停車。Dave花了好大工夫才把車停好，抬眼看看那扇窗，沒亮燈。朱宣文還在睡，Dave有點猶豫，不知該不該叫醒他，正猶豫著，突見他驀地醒了。

「少爺，羅醫生好像不在家。」

Dave說完發現自己說了句廢話，朱宣文自己又不是不會看。不過不知道是累得不想開口，還是醒得不太徹底，他只是盯著那扇窗子，許久都沒說一個字。

「少爺，要不您給羅醫生打個電話？」

「……」

「要是她今晚在別處，咱們也沒必要在這裡傻等著。」

「再等等。」

朱宣文聲音低低的，Dave捨不得他多說話，只好噤了聲默默陪著。一等又是一個多小時，餘暉退去，華燈初上，周圍窗子的燈也都漸漸亮了，更顯那一扇漆黑孤寂。

Dave有些急了：「少爺，您接下來還有股東要見呢，要不……」

「走吧。」他終於說。

Dave一愣，他只是隨便一催，卻沒想到他答得這麼乾脆，反倒不習慣了：「那……其實再等等也行。」

「她應該已經搬家了。」

「搬家……哦，那您為什麼還來呢？」

「我只是想來碰碰運氣。」他的聲音低低的，似乎一出口，就與昏沉的夜色融為一體。

Dave 一邊開車駛出巷子，一邊疑惑地看了眼朱宣文。他覺得少爺這會兒有點不一樣，說出的話也讓人聽不懂。

碰運氣？您又不是沒有她的電話號碼，事先打一個電話不就行了嗎？花這麼長時間，專門跑一趟，就為了碰、運、氣？

他看了眼時間，不由得把車子開得快了些。

不過他們終究沒有見到那位股東，倒不是因為遲到，而是因為對方最終取消了見面。這樣的事情前些天也遇到過，可是今天 Dave 莫名其妙有些焦躁。

「哎喲，他以為他是誰？不就是個小小的私募經理嗎？買了咱們的股票，就以為自己飛到天上去啦？董事長親自登門他都不見？不見就不見好啦，誰稀罕，哼！」

朱宣文沉默一會兒，淡淡地說：「你知道他為什麼不見我們嗎？」

Dave 翻著白眼：「還不是因為朱力？」

「他的基金重創投資了 TR，現在基金市值已經快跌到了平倉價，如果 TR 的股票再跌下去，他的基金就會被強制平倉，而他本人根據行業規定，以後甚至不能再做這一行。」

「有這麼嚴重？」

「朱力應該是答應了他，以高於平倉價收購他的股票，這樣他就可以避免以後被踢出這一行的命運。」

「這樣啊，」Dave 歪著腦袋思忖，「那他這樣做也可以理解哦，要是我，我也站在朱力那邊的。」說完才發覺自己的話不對，急忙改口：「我是說，咱們還可以再爭取一下……」

「回去吧。」

「……」

「今天就到這裡，早點休息吧。」

Dave 驚訝地撓耳朵：「少爺，不是我聽錯了吧？這麼早休息，不是您的風格啊。」

朱宣文仰頭靠在椅背上，不堅持，不抵抗，任疲倦山崩海嘯似的湧來。也許吧，這的確不是他慣常的風格，可原本也沒有誰的風格就是不眠不休。他也會累，他也好累。

今天不知為什麼，那一瞬忽然就很想看看她窗子裡的燈光，彷彿那樣他就會多一些力氣，支撐他堅持過這剩下的一個多星期。可是他什麼也沒看到，她不在那裡。他撲了個空，彷彿飢腸轆轆的孩子回到家，盤子裡卻沒有一片麵包。那一瞬忽然就覺得沒了力氣。

Dave 知趣地不再發問，在初降的夜色中把車子開得不徐不疾。

3

「算上堅定支持我們的、答應了支持我們的、態度曖昧但是很可能支持我們的，從帳面上看，我們的勝算和朱力差不多。」譚曉輝一手在計算器上敲敲打打，一手扶了扶眼鏡框，神似舊時錢莊裡的帳房先生。

梅長亭十分驚訝：「怎麼會？我們不是應該遙遙領先才對嗎？」

朱宣文揉了揉眉心。

譚曉輝解釋說：「準確地說，是基本持平，不過有一家私募基金的態度一直不明確，如果他們在明天的大會上肯支持我們，我們的勝算就會很大。」

梅長亭點點頭，轉瞬又更加擔憂：「也就是說，如果他們不支持我們，我們就很可能輸了？」

譚曉輝默而不語。

朱宣文從椅子上站起來：「沒關係，運氣一定站在我們這邊，譚經理、梅總，這段日子辛苦你們了，預祝我們明天一切順利。」

譚曉輝也站起來：「預祝明天旗開得勝。」

梅長亭擔憂地想要說些什麼，想了想，還是放心地笑了：「宣文，我不相信運氣，但我相信你，你說能贏，我們就贏定了。」

4

夕陽斜照，是與那天相似的餘暉。她捧著一束康乃馨從花店裡走出來，鼻尖貼近花嗅了嗅，笑容裡似有花的香味。

他有一絲情怯，幾乎想躲到樹後面去，腦中交戰一瞬，她已抬頭看到了他。她腳步不出所料地滯住，他也一顫，索性站住了。

她現出一點淡笑：「這麼巧？」

「不巧。」

「……」

「我到仲介公司，問到你現在的住址，在那裡等了一個小時，見到你爸爸，從你爸爸口中得知你現在在這家醫院工作，然後又找到醫院，最後從你同事口中得知你來這裡買花。」

他說得波瀾不驚，卻每個字都像一顆小石子，顆顆掉進湖水裡，攪得水面漣漪交織。

「羅開懷，我是特地來找你的。」

她把花抵在胸口，低頭看花。「哦。新來的一個精神分裂患者，長期被她丈夫關著，我想在她窗戶放一束花，也許對舒緩她的病情有好處。」

他默然一會兒，走近一步。「精神病院不是適合你的地方，你為什麼不換一份工作？」

「朱公子，你是在問我何不食肉糜嗎？」她苦笑著說，「我家裡有房子等著付租金，還有爸爸和弟弟等著養，哪有資格挑三揀四？就是這家醫院我也還在試用期，是人家挑我，不是我挑人家。」

他眼中有看不清楚的神情，她緊接著便後悔了。和他說這些做什麼？博同情似的。

「嗯，你找我，有事嗎？」

「沒事。」

她不禁又一愣，看著他沒有半分玩笑意的臉。

「我原本就是想來看看你，哪怕什麼也不說，招呼也不打，只悄悄看看你就好。」

他長身挺拔地站在夕陽裡，本身就是一道風景，一個女孩子剛好從旁經過，聽到他這些話，豔羨不已地看向她。

湖面漣漪更盛，她有一瞬想把臉別過去，問他：你不是不想再見到我嗎？話在喉嚨口晃了幾晃，終究嚥了回去。他看起來很疲憊，不知這一個月準備得怎樣？

「明天的全體股東大會，你的勝算有多大？」

他一愣，語氣有一點開心：「你在關心我？」

她終於把臉別過去了：「消息滿天飛，躲都躲不開。」

他便笑得更甚了。這消息雖然公開，但遠沒有到滿天飛的程度，她在關心他，這比什麼都讓他開心。

「我們勝算各占一半，」他如實說，「他是個很有力的對手，我們都已經各盡人事，剩下的，只有聽老天來裁決。」

「各占一半，」她若有所思地沉默一會兒，揚眉笑道，「也許我有辦法讓你贏。」

他點頭笑：「沒錯，看見你，我的勝算就大一成。」

「我說真的。」

「可現在離明天開會只有十幾個小時了，恐怕不能再做什麼。」

她的表情現出幾分神秘。「普通人當然是沒辦法，可你忘了我是做什麼的了嗎？」

「心理醫生。」他想了想，開玩笑說，「怎麼，你要給與會者集體催眠？」

「比那個還厲害，」她笑嘻嘻地說，「我給他們下降頭。」

兩人一起哈哈笑起來。餘暉落在她臉上，還有她手中那捧花，花兒朵朵都彷彿鍍了一層金輝，讓他有一瞬目眩。

她剛剛失去了唯一的房子，又換了一份辛苦的工作，但臉上的笑容絲毫看不出生活的不容易。他看著她笑得開心的樣子，整個人忽然都跟著通透起來。

其實他也是怕輸的，他嘴上說著盡人事聽天命，在旁人面前表現出「有我在，你們什麼都不用怕」的樣子，可其實他也是怕的。他心裡比誰都更害怕，因為別人怕了可以指望他，他卻必須挺起胸膛，成為別人的指望。今天，他本想偷偷地來看她一眼，汲取一些力量，那樣他覺得，明天也許就會多些勝利的可能，可是此時真的看到了她，感覺卻又不一樣了。

他的確是汲取到了力量，但這力量，並沒有讓他覺得明天一定會贏，相反，卻讓他覺得不那麼怕輸了，這力量讓他相信，不管明天發生任何事，他都能扛過去。

5

TR 大廈今天湧動著多年未見的罕見氣氛，這氣氛隨著樓層漸增，到了十五樓，驟然達到高峰。

十五樓的第一大廳，是 **TR** 集團裡一個意義非凡的地方，幾乎它的每一次開啟，都意味著 **TR** 將有一次大事件要發生。今天，這裡不辱使命，於萬眾矚目中隆重敞開了它的全體股東大會之門。其實召開全體股東大會，本身倒並不是什麼值得萬眾矚目的事情，重點在於它的主題：新董事長選舉。這在 **TR** 歷史上還是第一次。

自從集團創辦那天起，老董事長連續在位三十年，之後平穩過渡給現董事長朱宣文，誰知這才過了幾個月，狼煙乍起，風雲突變，朱家二公子這就帶著外援來發難了。

躁動而又安靜，緊張而又平和，兩百多人的大廳早早就座無虛席，空氣似乎已經劍拔弩張，人人臉上卻仍是一副輕鬆愉快、歡樂祥和的樣子，彷彿這不是一場董事長選舉大會，而是一場以文會友的茶話會。

朱力首先登場，先是明褒實貶地盛讚了一番朱宣文，接著又謙恭地誇獎一番自己多年來的豐功偉績，最後萬分無奈地表明苦衷——此次參選董事長，實在是為了集團的發展，為了廣大股民的利益，不得已而為之啊！

朱宣文第二個登場。甫一上場，就在明褒實貶上展現了長江後浪推前浪的實力，既讚揚了朱力，又明明白白地暗示，那只是他在拿老董事長的功績給自己貼金。接著話鋒一轉，提到他車禍後休養的數月間，也就是朱力真正執掌公司的時間裡，公司錯政連出，特別是「人人都買得起的奢侈品」專案，既連累了公司主營奢侈品的銷售，又降低了 TR 這個品牌在消費者心中的形象，他身為現任董事長，深感痛心而又責任重大，故而此次參選，亦是為了公司和廣大股東的利益。

總之第一輪交手下來，兩人演技相近口才相當，並沒掀起什麼大波瀾，末了兩人深情擁抱，如果只看畫面，還以為他們是在禪讓呢。

可終究不是禪讓，接下來便是投票。

美麗的司儀幽默地提醒大家，千萬要看清楚選票，不要想選 A 卻寫成了 B，想選 B 卻寫成了 A，不過說完發現大家並沒有笑，只好訕訕地自己笑了笑。

她是秘書部新到職的員工，本來沒有資格主持這樣重要的大會，不過因為這次大會的議題太特殊，她的短處反倒成了長處，藉著資歷淺、兩邊都不沾，反倒得了這張天上掉下來的餡餅。為了今天這場大會，她昨天特地去做了頭髮，護理了指甲，今早一睜眼就起來敷面膜。此時的她優雅大方，豔光四射，實在不忍心讓這麼美麗的自己這麼快就下臺——臺下多少成功人士，她在臺上多站一分鐘，就多一分被關注的機會呢。

「我們相信，今天不僅對我們TR，對全國，乃至全世界的奢侈品行業都將是非常重要的一天……」

砰！

司儀正滔滔不絕，第一大廳的門忽然被從外面撞開。一名男子人未至，聲先到：「我是股東，你沒資格攔我！」

眾人齊齊回頭望去，只見一個瘸腿男人撇開保全，硬生生闖進會場。保全不知所措地跟進來，似乎聽見「股東」二字不好硬攔，但看男子的樣子，又實在覺得他不像是來好好開會的。

女司儀嚇得尖叫了一聲，緊接著存在感立刻爆棚。

「保全，快把他趕出去，這是什麼場合，怎麼隨便放人進來？」

保全聽到了命令，放開手腳去架男人，誰知男人腿雖瘸，拚起命來還蠻有力氣的，一拐杖掀翻一個保全。

「誰敢攔我？不是全體股東大會嗎？怎麼，小股民不算股東？小股民就沒有人權？」

女司儀聽明白了，可還是猶豫著，下意識地朝兩位老大看去。朱宣文隔著喧鬧，看見了跟在羅爸爸身後的羅開懷，見她正意味深長地對自己點頭。

一下想起她昨晚的話。她說，也許我有辦法讓你贏。他原本只當她是隨便說的，沒想到她真的來了。

「既然是股東，當然有資格留下來，」朱宣文對司儀說，「請他們坐吧。」

女司儀訝異一瞬，不過旋即現出職業化的微笑：「這位先生，那就請您盡快找位置坐好。」

「我不坐！我有話要說！」羅開懷的爸爸說著，大步從中間走道朝前面走去。

被他掀翻的保全已經爬了起來，不過大概覺得老闆都不讓攔，自己又何必吃力不討好？就站在原地沒動。女司儀花容失色，慌張地叫他遵守大會秩序。股東們雖然驚訝紛紛，不過也都好奇他想說些什麼。

「站住！」一個有力的聲音突然響起，正是朱力。

他記得這個男人，那天到樓頂鬧過跳樓，他女兒還是朱宣文的心理醫生，辦事不力，聽說已經被秦風辭掉了。這樣一對父女組合，不足以對今天的大會帶來影響，但他們的出現，還是讓他有種不好的感覺。

「這裡是股東大會，你有什麼想法，可以用你的投票來表達，」朱力緩了緩語氣，淡淡地說，「但大會沒有讓每個股東輪流發言的步驟。」

「朱經理，」朱宣文插言說，「雖然沒有那個步驟，但既然股東有話，就讓人家說，股東大會上每個股東都是主人，相信大家也想聽聽這位先生想說什麼。」

朱宣文語氣溫溫和和的，完全是商量的態度，說的內容卻完全由不得商量。若朱力此時強行阻止，定會引得許多股東心裡不舒服。

朱力看著朱宣文的眼睛，嘴角浮現一絲不易察覺的冷笑。你該不會以為利用這對父女掀些風浪，就能贏得這場選舉吧？

「好，那我們就破個例，只是大會時間有限，麻煩這位先生長話短說。」

羅開懷爸爸哼了一聲，得了場大勝似的，眾目睽睽之下邁開一雙瘸腿，氣勢洶洶地走上司儀的講臺。女司儀嚇壞了，噤聲後退了幾步。

羅開懷爸爸在臺上站正了，解下身後的大包裹，在包裡翻了翻，接著揚手一揮，整個會場立刻發出一陣驚呼。

那手裡高揚著的，赫然是一件血衣！

血衣是件被扯破的T恤，乳白底色上污漬混著血漬，血跡已經乾涸了，變成駭人的暗紅色，一眼看去怵目驚心，似乎仍隱隱散發著血腥味。

有的女股東驟然捣住了嘴。

「這衣服上的血，是我的！」羅爸爸聲音嘶啞著說，「我欠了高利貸，被人家找上門來，痛打了一頓，挨打那天我身上穿的，就是這件T恤。」

這話題與股東大會無關，但許是血衣的畫面太震撼，全場都靜悄悄的，沒人打斷他。

「我為什麼會借高利貸？就是因為我太貪心，押上了房子和老本，全都買了 TR 的股票啊！那陣子 TR 集團的股票像瘋了一樣地漲，我簡直高興死了，它越漲我越買，越漲我越買，買到最後……」羅爸爸說到傷心處，又晃了晃手中血衣，「就是這樣，房子也沒了，老本也沒了，一把年紀無家可歸啊！」

大會上都是 TR 的股東，也有人前不久損失了不少，羅爸爸的話勾起大家的同感，整個會場的人都屏息傾聽，有的人臉上現出同情。

「但是！」羅爸爸話鋒一轉，「股市有風險，這個我是知道的！我老羅雖然沒本事，但也不是不講道理的人，如果這次股票漲跌純屬正常，那我老羅就算傾家蕩產，也絕無半句怨言。但現在的問題是，這次異動它不正常！是人為操縱！」

會場內出現一陣異樣的安靜。

羅爸爸更加用力地一手晃動血衣，一手猛然指向朱力，更大聲地說：「是有人暗中操縱！他先抬高股價，讓自己人出貨，接著又打壓股價，讓自己人買回來，這一賣一買，他們就賺了多少錢哪！」

羅爸爸說話的時候手指始終指向朱力，這個動作有很強的暗示效果，會場上開始出現嗡嗡的議論聲。

「他們賺到的錢，都是從我們口袋裡搶去的！我們憑什麼讓他們搶？我們小股民，憑什麼要成為黑幕的犧牲品呢？大家說憑什麼呀？」

議論聲更甚。朱力猛地從座位上站起來，黑臉更黑：「讓你發言，不是讓你造謠誹謗。保全，帶他出去！」

這話像一顆火星，「刺」地點燃了引信，羅爸爸一愣，隨即一跳老高。

「你就這麼對股東說話嗎？啊？大家聽聽，他就這麼對我們股東說話！我們買了他的股票，虧得傾家蕩產，卻連句話都不能說，說一句就要被趕出去！」

一些股東產生了同理心，會場上嗡嗡聲響，雖沒有人直接替羅開懷的爸爸說話，融在氣氛中的情緒卻是很明顯的。

朱力緊緊閉了閉眼，壓下騰騰火氣。他有一萬種方法對付這種無賴，偏偏此刻眾目睽睽，他得忍著。

「你買的股票虧了，是嗎？」朱力儘量平穩地說著，「這一點我也很抱歉，可這次股票大跌也是事出有因，你若真想問責，得去問他。」說著伸手指向朱宣文：「是他的妄想症曝光，導致外界對我們 **TR** 的未來沒信心，這才最終導致了股價的下跌。」

「我不問他，就問你，你別想推卸責任。」

朱力有點想笑：「哦？那你倒是說說，我的責任在哪裡？」

「股價大跌，是大漲帶來的吧？大漲的時候，公司是由你主持吧？所以這次股價下跌，也是你的責任！」

朱力幾乎想哈哈大笑。朱宣文，如果這個傻瓜是你找來的，那可真是要謝謝你。

「我在家父去世、董事長又突然患病期間，兢兢業業為公司好，剛一接手，就帶動公司股票一路高漲，怎麼這些不是功，反倒是過了？」

「你少替自己吹噓！」羅爸爸撇著嘴說，「股票漲當然是好事，可是踏踏實實漲起來的股票，怎麼會遇上點風吹草動，就一路狂跌呢？這說明之前的大漲根本就是假像，是人為虛炒起來的，是個泡沫，就等著什麼人撞上去，砰，爆開呢！」說著還特地比了個爆炸的手勢。

嗡嗡聲陡然轉大，整個會場轟然一片。

朱力忽然很後悔。為什麼要和這個瘋子多費唇舌？自己今天是來選董事長的，而他是來攪局的，和他進行口舌之爭，無論輸贏都注定對今天的選舉沒有益處。

「你這是惡意誹謗，要負法律責任！保全，還愣著幹什麼？還不快請這個人出去！」「請」字說得重極了。

兩個保全正要行動，卻聽一個清脆的女聲響起：「等一下！」

正是羅開懷，她從後排座位上站起來，沿著通道大步走向臺前。「我爸爸的質問很有道理，你憑什麼說他是誹謗？作為一名股東，他有權向你質問漲跌的緣由。」

朱力快要被這對父女氣瘋了。他狠狠地盯著羅開懷，投毒不成的怨恨也隨之而起，滔滔怒火恨不得化成一條火龍，直向她撲去。

「沒錯，他作為股東，有質問我的權利，那麼我作為委託人，是不是也有權利質問你，作為一名心理醫生，你為什麼將你的病人、當時正在病中的朱宣文帶到公共場所，刻意使他的妄想症曝光？你知不知道，正是你的工作之失，才使得我們TR股價暴跌？你父親的股票損失、在場所有人的股票損失，說到底，都是因你而起！」

朱力話落，全場陷入片刻安靜。緊接著嗡嗡聲轟然又起，股東們顯然已經進入情緒高漲期，不時有大聲的議論傳出。

「原來就是她啊。」「這麼說這場暴跌都是她引起的。」「那也不一定，也許這裡邊複雜著呢。」「剛才那人是她爸爸呀？」「他女兒惹出這麼大的事，他還到這裡來鬧？」

朱力對自己這個反擊很滿意，剛才幾乎失控的局面，就這麼被他輕而易舉地扳回來了。他甚至產生了一點好奇心，想看看這個不知天高地厚的女孩子，接下來會做何反應。

不料他等了一會兒，卻並沒見她做何反應，只是以一種意味不明的笑容看向他。他忽然又有一種不好的預感。

「原來你就是委託人？」她終於開口，聲音淡淡的，和笑容一樣帶一種意味不明的含意。

朱力陡然一驚，緊接著暗叫一聲不好。剛才真是被她氣昏了頭，竟然親口說出自己是委託人！他在任何場合都避免提及自己和秦風相識，沒想到剛剛，剛剛……

「那正好，這個問題，我也想請教朱先生呢，」羅開懷又說，「朱宣文董事長明明並未患過妄想症，你若是那個委託人，應該最清楚不過了，怎麼也和外面那些人一樣，說朱董事長得了妄想症呢？」

朱力還在驚慌中，一時沒反應過來：「你說什麼？」

「哦，我知道了。」她又做恍然大悟狀，「我之前一直不明白，朱董事長只是因為在車禍中目睹了慘烈場面，需要一點心理諮商而已，為什麼外面傳來傳去，竟然會傳成妄想症了？還有，傳言對你們公司造成了巨大損失，你們卻並沒有報警追究造謠者，這又是為什麼呢？現在看來，答案都在你身上吧，朱力先生？」

反轉一個接一個，股東們已經驚訝得放棄議論了，只聚精會神地盯著舞臺，兩百多人彷彿凝成了一個人。

朱力終於漸漸感覺到，自己是掉進了一個精心挖好的坑裡。他垂在兩側的手慢慢握起，緊緊地握起。

「保全，這個人破壞大會秩序，把她帶走！」

「朱力，你害怕了嗎？」羅開懷立即說，「我今天不是來破壞選舉的，恰恰相反，有些事情讓股東知情了，才有利於大家更加公正地投票。」

朱宣文抬手示意保全不要動。兩名保全已經混亂了，只好擺出一個像要上前又沒有上前、十分想上前又不知老闆您還會不會改變心意的扭曲姿勢。

有的股東終於按捺不住，大聲說：「朱經理，人家有話就讓人家說嘛，我們也想聽聽，對不對我們自有判斷。」

話落立即引來附和聲，朱力眼中幾乎要噴出火來。

「各位，相信大家作為**TR**的股東，對朱宣文董事長之前患病的傳言多少有些了解，」羅開懷自顧自面向臺下說，「我作為朱董事長的心理醫生，原本有義務替病人保密，但既然朱力先生作為委託人，主動說出了這件事，我便有幾句話想替朱董事長澄清。」

她頓了頓，以便使股東們的注意力更集中。

「朱宣文董事長之前從未患過妄想症，只是因為車禍受傷靜養了幾個月，又由於目睹了車禍的慘烈場面，請我做過一段時間的心理諮商而已。」

議論聲轟然又起。

朱力淩厲的聲音把議論壓下去：「羅醫生，之前商場裡的那場鬧劇誰不知道？你現在說這番話，是想愚弄大家嗎？」

「這正是我百思不解的地方。」羅開懷皺眉說，「那天我們只是因為朱董事長心情不錯，外傷也幾乎痊癒了，就去找找樂子而已，誠然，方式有些特別，但我想，無論如何，不至於被外界如此曲解啊。」

「更讓人費解的是，朱力先生您作為朱董事長的叔叔、他身邊最親的人，在明知真相的情況下，為什麼也選擇相信傳言呢？」她頓了頓，讓聲音顯得意味深長，「或者我應該換個問法，那個傳言，到底是從哪裡來的呢？」

朱力氣得渾身發抖。他中計了。他此刻清清楚楚地意識到，這場董事會是為他專門而設的一個大局！他當然可以辯解，但是她這麼個問法，只怕他越辯解，股東們越起疑，更可怕的是，朱宣文也會親自站出來做證，證明他自己從沒得過什麼妄想症！

呵，百口莫辯，是否就是這樣的感覺？他有一瞬彷彿感到了命運的捉弄。他以朱宣文患病為契機，想派個心理醫生除掉他，後來明白過來他裝病，又想將計就計把他的病情宣揚出去，讓他回不了公司，沒想到如今這兩人又反過來將計就計，打了他一個措手不及。

他雙手緊緊地握著，指甲陷進肉裡，從疼痛中獲取一絲寶貴的力量。

「你這麼說，無非是想暗示謠言是我傳的，可我為什麼要這麼做？這麼做，除了讓 **TR** 的股票大跌，我自己能得到任何益處嗎？」

「股票大跌，不就是你要的益處？」

朱力猛然發出一陣響亮的笑聲，像是聽了個天大的笑話。「羅醫生，你是不是精神病人接觸多了，自己也神經了？」

「驟然大笑，是心虛的表現，用以掩飾被說中的真相。還有你現在鼻翼擴張，呼吸加快，這些都是真相突然被戳穿，精神緊張所帶來的常見反應。」

「哈哈，這些，就是你誹謗我的依據？」

「股票暴跌，既可以製造 **TR** 陷入危機的假像，又可以把矛頭都集中到朱董事長身上，而你，正好於無聲處坐收漁利。」羅開懷說著，抬手指向會場正中，「如果不是那場暴跌，沒有那個傳言，敢問朱先生你，今天憑什麼和朱董事長一起出現在這裡，競爭這個董事長之位？」

整個會場鴉雀無聲，兩百多雙眼睛齊齊盯向朱力。朱力忽然感到一陣呼吸不暢，一種前所未有的無力感湧來，他向臺下望去，看到那些各含意味的眼神，良久，視線落在一張臉上。

「朱宣文，」他冷笑，「今天這個局，是你們故意設給我的，對不對？」

朱宣文坐在前排位置上，此時臉上正現出吃驚、痛心、失望、難過、難以置信又不得不信……許許多多情緒交織在一起的表情。

只那一個表情，羅開懷就覺得今天如果要頒一個最佳表演獎，一定非他莫屬。有些人無論做什麼都有天賦，說的是不是就是他這種？

「二叔，」他站起來，步履艱難地走向臺前，「這些都是真的嗎？謠言是你傳的？暴漲、暴跌都是你促成的？而你做這些，只不過是要和我爭這個董事長的位置？」

會場又響起嗡嗡聲，那聲音越來越大、越來越大，朱力只覺得整個人都要被吵得炸開了。

「你！」他一指朱宣文，胸口猛然一陣絞痛，他忍住了，「朱宣文，我之前看低你了！從那場車禍開始，就全都是一個局，對不對？你裝瘋，戲弄我，都是為了找準時機和我爭TR，對不對？」

「二叔，你到現在還這麼說？」朱宣文痛苦地看著他，完全一副心痛得無法呼吸的神情，「我為什麼要和你爭呢？我本就是TR的董事長啊！」

這一句猛然點醒眾人。

沒錯，如果沒有股票異動，沒有妄想症的傳言，朱宣文的董事長就還好好地做著，又怎麼會有這一場選舉？如此，謠言和股票漲跌對誰有利，它們到底出自誰之手，自然不言而喻了。

股東們漸漸沸騰起來。

正中一個股東突然站起來，大聲說：「朱力，原來那場暴跌就是你促成的！我的基金差點被平倉，也是你害的！枉我還信了你，差點就把票投給你！」

「就是，這種人不能信的！」

「他為一己私利，這一漲一跌的，害我們損失了多少啊！」

「絕對不能把票投給他！」

「對，不能投的。」

一時間人人都化身羅開懷爸爸，大會進入破鼓萬人捶階段，股東大會成了聲討朱力的大會。

朱力一手扶著桌角，只覺心臟一陣強過一陣地絞痛。他閉上眼，有一瞬覺得自己大概撐不過去了，那一瞬他陡然想起去世多年的大哥，大哥也有心絞痛的毛病，否則也不會為他所害。靈魂深處陡然迸出一陣戰慄，第一次行凶的恐懼毫無防備地襲來。

這是報應嗎？這是報應吧。

他一生篤信命不由天，可是這一刻，卻突然生出強烈的宿命感。他為了得到 **TR**，害死了大哥，惹得父親終身不肯原諒；為了得到 **TR**，他差點害死這個侄子，又做了那麼多那麼多……到如今，眼看渴望一生的 **TR** 即將到手，卻在這一刻，在他無限接近成功的這一刻，此前種種如因果報應般落回到他身上。

難道我錯了嗎？**TR** 果真不該屬於我？我這一生，都活在注定得不到的癡心妄想中？

6

選舉結果大勢已定，朱力沒等投票結束就離開了會場。朱宣文看出他臉色不對，讓司儀扶他去休息，他卻狠狠甩開了司儀的手，昂首獨自離開會場，只是走出幾步又回眸，投來森寒一瞥，羅開懷立刻就打了個寒顫。那眼神太駭人，彷彿能勾起她靈魂深處累世積澱的恐懼。

此時投票已經結束，股東們陸續離開了會場，而第一大廳裡的熱鬧卻才真正開始。

一向支持朱宣文的董事們留下來，個個向他熱烈慶賀，只恨手邊沒有一杯酒；之前猶豫不決的也留下來，紛紛表明自己其實一直是很堅定的；之前反對他的更是留下來，表示立場嘛，誰還沒換過幾次立場，重要的不是以前站哪邊，而是現在和今後站哪邊。

朱宣文被層層簇擁在中間，彷若被擁立的新君。她隔著人群遠遠注視著他，看到他微笑應對著每一張面孔，和氣而威嚴自生，光華明亮而不灼目，不經意間便照耀了整個房間，連她心中那森寒的恐懼也漸漸驅散了。她想，他的確是適合那個位置的。

「乖女兒啊，在想什麼呢？」爸爸走過來，意味深長地笑問。

羅開懷一驚：「啊，沒想、沒想什麼，爸，我們走吧。」

「這就走？」

「是啊，我們要做的事都做完了。」

「那也該去打聲招呼，要不多沒禮貌。」

「……」

羅開懷低下頭。剛才舌戰朱力，她身上彷彿凝聚了天地日月之能量，別說是朱力，就是給她頭猛虎她都不怕，可是現在，一想到要去和他道別，她竟然連向前邁一步的勇氣都沒有。

爸爸看看她，又看了看臺上眾星捧月般的場面，想了想，嘆著說：「女兒啊，爸爸這一輩子活得，用一個詞來概括，就是『失敗』，忙忙碌碌了一輩子，到老了一事無成，也沒有什麼成功的人生經驗可以指點你。」

羅開懷隱隱明白爸爸的意思，低聲說：「爸，你別這麼說。」

爸爸嘆了嘆：「不過呢，我雖然沒有什麼成功的經驗，失敗的教訓還是有一些的，就是我這個人哪，一輩子活得稀裡糊塗，從來不知道自己想要什麼，偶爾有點想法，也不敢去爭取，怕做了白做，怕失敗了讓人家笑話，結果呢，就真的一輩子碌碌無為，什麼都沒得到。」

「誰說的，你不是有我和弟弟嗎？」

「你別打岔。我的意思是說，你呀，千萬不要像我這麼稀裡糊塗的，一定要想清楚自己想要什麼。」他說到此處頓了頓，抬起下巴向人群中點了點，「一旦想清楚了，就大膽地去爭取，什麼都不要顧慮，管他什麼合不合適、應不應該、可不可能，先爭取來再說嘛。」

羅開懷一下羞紅了臉，她很不習慣和爸爸說這種話題。「爸你說什麼呢，時間也不早了，咱們還是趕緊走吧。」說罷也不等爸爸回答，直接就朝門外走去。

爸爸快步追上來。「哎，這就走啦？還是去打聲招呼嘛！」聲音大得很。

電梯門好像永遠都不會開似的，幾秒鐘長得像幾個世紀，羅開懷的一顆心也起起伏伏，像經歷了幾個世紀的巨變——先是祈禱門快開，然後是祈禱他不要來，然後是慶幸他真的沒有來，再然後，是一點藏不住的失望：他真的沒有來哦。

「羅開懷！」

他的聲音響起，就是在這個時候。她頓了一下，轉身，看到他微微有點喘。從大廳到這裡，不過幾步路而已，她看著他的樣子，腦子一下就不爭氣地變成空白了。

「你要走？」

「我……是啊。」

叮！早不開晚不開，偏這個時候，電梯門就開了！

真是不走都不行。她慢吞吞地朝電梯裡走去。一隻手拉住她的手臂，她的心一跳，裝作十分詫異地回過頭。

他這才發覺這一拉有點唐突，也立刻收回手。「我……你……我有件事想問你。」

爸爸快步進了電梯。「朱董啊，你和開懷有事就慢慢談，乖女兒，爸爸有事，就先回家了哦。」

朱宣文說叫人送他，爸爸卻使勁按著按鈕。「哎喲，我這麼大個人，又不是認不得路……」

叮！終於在說完話之前，如願以償關上了電梯門。

一下子安靜下來，她看著他，感覺氣氛有點怪怪的。起初她以為是突然陷入安靜的緣故，可很快就察覺並不是如此簡單，她猛然向轉角看去，果然見一排腦袋自上而下排得整整齊齊，見她看過來，又唰地一下齊縮回去。

他笑著說：「如果你不反對，我們最好還是換個地方。」

當然沒辦法反對。

他帶她來到頂樓的一個房間，寬桌大椅，落地窗外是這座城市最頂層的繁華。她反應了一會兒，才明白這裡應該是他的辦公室，又反應了一會兒，想起他說有話要問她。

他剛好倒了一杯水遞給她，她接過，想了想說：「法國心理學家，古斯塔夫．勒龐，他是大眾心理學的奠基人。」

他一愣，現出非常困惑的表情。她想，他果然是不明白的。

「勒龐有個著名的理論，就是當人們形成一個群體時，群體中的人會喪失原有的理智，變得狂躁、輕信，如果想控制一個群體，最好的辦法，就是先給出一個具有鮮明刺激性的東西，然後圍繞這件東西，一遍又一遍，用非理性的方式闡明觀點，簡單地說，就是煽動。如果操縱者控制得好，群體的感情就會被操縱者控制，對他的話深信不疑。」

他倚靠著辦公桌，若有所思地聽起來。

「這樣的例子有很多。比如有一個人在醫院門口舉著紅布條，說醫生不負責任，導致出了醫療事故，那麼這個紅布條就是具有鮮明刺激性的東西。圍觀者會形成一個群體，迅速相信這個人的話，而不去理性分析是不是這個人缺乏醫療常識，實際上誤解了醫生。如果這個人再激動地宣傳醫生具體是如何如何做的，圍觀者就會更加相信他的話，進而情感上堅定地和他站在一起。」

他托著下巴，思索著說：「今天的情形，你爸爸那件血衣，就是具有鮮明刺激性的東西，所以血衣一舉起來，所有人的注意力就全都被吸引了去，接下來你爸爸的話，他們就傾向於相信。」

「對，我爸爸的話雖然缺乏依據，但是很有煽動性，就像喊口號，所以漸漸地，他們的情緒就會跟著我爸爸走。」

「他們的情緒被越帶越高，到了足夠的程度，你說出我從來都沒有患過妄想症，他們就會想都不想地相信。到了最後，他們的情緒徹底被調動起來，那時就算你反過來說朱力是無辜的，他們也不會相信。」

「沒錯，這是一個心理學小技巧，我也是第一次用。」

他讚嘆地點了兩下頭，用有些異樣的眼神看著她：「這就是你說的，給他們『下降頭』？」

她看著他的眼睛，語氣就弱了下來：「你是不是覺得我心機太重，還有，手段太陰險？」

他笑，搖頭說：「我只是在想，以後千萬不要得罪心理醫生。」

她更加以為他在說反話，低下頭：「我也知道這方法不磊落，可方法畢竟只是方法，目的才是關鍵，你二叔他壞事做盡，我們為什麼就不能也用些手段，而只能光明正大地等著被他算計？」

他走近幾步，扳住她肩膀，她抬起頭來，看見他眉眼開闊，並不像責怪她的樣子。

「想解釋的，都解釋完了嗎？」

「……嗯。」

「那現在，我可以問你一件事嗎？」

「……」你想問的不是這個？

「梅總他們說，今晚要開一個慶祝酒會，祝賀我正式回到公司，你，要不要一起來參加？」

「慶祝酒會？」

她的第一反應是，這麼快就慶祝，會不會太不考慮朱力的感情了？又一想，為什麼要那麼在意對手的感情，卻忽略自己的感情呢？又一想，我是不是該拒絕一下，以示矜持？再一想，或者還是遵從一下自己的本心？

他久等不見她說話，笑著說：「你不回答，我就當你答應了？」

「啊，不，酒會是你們公司內部舉行的，我一個外人還是不要參加了吧。」

他看定她，唇角的微笑就斂了斂。「剛才梅總他們說，今晚一定要請你，因為你的到來，對今天的選舉結果意義重大。」

她低頭「哦」了一聲。原來是梅總他們的意思。

「可是，羅開懷，你聽好了，現在我邀請你，並不是因為這個。」

「……」

「今天是我生命中重要的一天，今晚的酒會也是重要的時刻，在這樣的時刻，我希望能有你出現在身邊，可以嗎？」

他的聲音一字字敲打在她心上，那雙眼睛像藏著魔力，她看著它們，所有的矜持、忐忑、猶豫，忽然就全都飛走了，只剩下身體內均勻的心跳和篤定的聲音。

「好。」

這個人，是我在意的人，倘若沒有機會伴隨他走完這一生，那麼在他人生中重要的日子、重要的時刻，我至少應該以美好的姿態出現，讓那個時刻成為他生命之河中的一朵浪花，那樣他以後偶爾回憶，或許就會想起我。

第十三章　險中求勝

「命運把這段奇特的記憶給了我們，絕不應該只是為了告訴我們命運天定，我想再試一次，朱宣文，你願意嗎？」

1

華光璀璨，美酒飄香，酒杯叮噹中映出一張張表情相似的臉，喜悅，喜悅，還是喜悅，羅開懷站在宴會廳入口，暗想從古至今為慶祝而辦的酒會都是一個樣的吧。

她為弄這身造型來晚了些，酒會已經開始，宴會廳人流如梭，可是找到他並不難，美女如雲、眾星捧月的那個地方就是了。她慢慢朝他走去，倒不是為了追求儀態萬方深情款款的效果，實在是高跟鞋鞋跟太高，走快了怕摔著。

這身造型是 Dave 幫她弄的。當時在辦公室，他只說讓 Dave 陪她去換身造型，她還以為只是給她個司機外加拎包小助手，誰知一進商場，Dave 立刻激動地化身時尚造型師，從腮紅的顏色到禮服裙的款式一直到鞋跟的高度，沒有他不精通和執著的。

「這支不適合你，你皮膚白，要用亮色，看，就像這一支，豔而不妖，相信我，它絕對是為你而生！」

「吊帶裙？怎麼可以穿吊帶裙？妹妹請問你今年十幾了？」

「對嘛，斜肩款才對，你的脖子這麼長，肩又這麼美，不秀出來多可惜！」

「別動！就這雙……不高不高，沒有八公分怎麼能叫高跟鞋？」

羅開懷一向對穿衣搭配還是有些自信的，可是經 Dave 這樣一頓狂轟亂炸，終於被他弄得信心全無，她有些感慨地問 Dave：「要是你沒遇見你家少爺，是不是現在已經是國內頂尖的造型師了？」

誰知 Dave 一聽眼眶就紅了：「要是沒遇上我家少爺，我現在還不知在哪裡的街頭賣藝，餐風露宿，遭人欺負，哪能當什麼造型師？沒有少爺就沒有今天的我，嗚嗚嗚……」

說著話就哭起來。羅開懷一下被弄得心裡酸酸的，只好什麼都順著他：「好了好了，你別哭啊……那，就這雙，就要八公分的了。」

Dave 一聽，立即擦乾眼淚。「這就對了嘛，相信我，八公分它不只是一個鞋跟的高度，還是女神和女人的分水嶺……」

所以現在，羅開懷就穿著這身香檳色斜肩禮服，踩著這雙八公分的高跟鞋，朝簇擁他的人群走去。算不算得上女神她不知道，只覺平生都沒有享受過這麼多目光。

一位男士注意到了她，驚豔地讓了路；一個漂亮女孩離她最近，也退開幾步上下打量著她。許是上午的股東大會她已一戰成名，此刻似乎所有人都認得她，每個人見到她都讓開幾步。羅開懷站在這裡，覺得自己就像手握了一顆避水神珠，所到之處百水退避，自動給她讓出一條路來。

於是他就這樣突然出現在她面前，讓她措手不及。她看著他同樣無語的一張臉，暗想，自己也是嚇了他一跳吧？原本暢談的人群也一下安靜下來，道道目光射來，讓她覺得自己像被人群盯上的稀有動物。

她扯了扯唇角笑笑，抬手向他招呼：「嘿——」

然後便發覺氣氛變得更尷尬了，只好讓笑容再深些，無視這無聲飄蕩的尷尬空氣，邁步朝他走去。

Dave怎麼說的來著？胸要挺，目光要溫柔，腳步要慢，要走直線，一、二、三……砰！

左腳絆右腳，她膝蓋一彎，直直地就朝大理石地面摔去。摔倒那一瞬她竟然忘了怕疼，只覺得這一路走來都平平安安，眼看到他眼前了，卻還是要摔上一跤，真是功敗垂成，有種行百里而敗九十的感覺。

如果注定要摔這一跤，為何不是一進門就摔，或者半路上摔，而偏偏要摔倒在他面前？難道這都是命嗎？

腦中胡思亂想著，其實只是一瞬間，膝蓋卻並沒有傳來預想中的劇痛，一雙手扶住了她，她仰臉，下巴卡在他腰帶上，以一個跪拜沒跪好的姿勢，撞上他驚訝的一張臉。

人群裡傳來輕笑聲，旁邊一個女孩悄悄翻了個白眼，一副「這一招早就過時了好嗎」的表情。羅開懷發誓，如果此時給她一個縫，一定毫不猶豫地鑽進去。

「你的腳怎麼樣？疼嗎？」他問。

她搖搖頭，立刻又點點頭。其實是沒扭到，不過還有什麼比逃離這些目光更要緊的呢？

他向旁邊看了看。「我扶你到那邊去坐坐，能走嗎？」

她急忙又點點頭，一邊由他扶著，一邊努力思索扭到腳的走路姿勢應該是怎麼樣的，慢慢朝休息區走去。

「把腳給我，我幫你看看。」他一坐下就說。嚇得她連忙把腳縮回去，想了想，又笑嘻嘻地伸出一隻去。「沒事了，已經不疼了。」說罷為了證明所言不虛，還上下左右靈活地扭動起腳踝。

他盯著她那隻靈活的腳，脣角就斜斜地似笑非笑起來：「你剛剛扭傷的，不是另一隻腳嗎？」

她一愣，又看看自己的腳，立刻意識到好像確實伸錯了，不過思索一瞬還是決定硬撐著不認帳：「哪裡，一定是你記錯了……哎喲，都怪那個Dave，非要我選這雙八公分的高跟鞋。」

他聞言看向她的高跟鞋，不由得也皺了皺眉：「可你為什麼要聽？」

「還不是他說的，說什麼八公分是女神和女人的分水嶺。」

他一聽，眼中就蓄了一點笑意，良久，含了點意味深長的意思說：「有沒有人告訴過你，做女神，不能只靠一雙高跟鞋？」

這個用你說？她氣得朝他瞪眼睛。

「要靠命。」他接著說。

哦？

「遇上一個把你當女神的男人，不論你穿什麼，做什麼，怎樣都是女神。」

他的聲音有點與平常不同的低沉，一雙眸子在酒會廳的燈光下有種醇酒一樣的光芒，她明明還一杯都沒有喝，此刻看著他的眸子，竟然有了微醺的感覺。

「你這話，說出去不知要讓多少女人傷心。」她笑著，儘量若無其事地說，「如果要靠男人才能成為女神，那如果遇不上那個男人，一輩子豈不是沒指望了？」

「也不是這麼說，」他低語，「有時候命運特別偏愛一個女人，就會幫她找到這個男人，然後，送到她面前來。」

這燈光，這眼神，這語氣。

即便是羅開懷一向自認心理素質不錯，此刻也沒辦法不臉紅心跳地別過臉去。剛好身邊經過一個服務生，她趕緊如見救命稻草似的叫過來，拿過兩杯香檳，一杯遞給他。

「說到命，我今晚還沒有正式地祝賀你呢，」她笑著說，「祝賀你，戰勝命運的大英雄！」

她暗指他戰勝了朱力，就像戰勝了上輩子的敵人，改寫了今生的命運。

他也舉起酒杯：「命運天定，也靠爭取，這是你教給我的，我會銘記。」說罷「叮」地一聲，兩杯相撞，杯中液體擊出美麗的小水花。

那杯香檳是羅開懷此生喝過的最特別的酒。她從前不明白，為什麼慶祝的酒一定要是香檳，而喝過了那一杯，她覺得自己終於明白了。

「哎喲，羅小姐，你的傷好些了嗎？」人隨聲至，一個笑容滿面的男人舉著酒杯走過來。

羅開懷覺得這人有點眼熟，稍一思索，想起他就是剛剛第一個給她讓路的男人，記憶再往前推，她想起在上午的股東大會上，這男人就坐在朱力身邊，看樣子當時他還是朱力的人，幾個小時的工夫，立場已經轉變得如此乾脆，她不由得想起「朝秦暮楚」這幾個字，不過還是快速把這幾個字趕出了大腦。思維影響語言，可不要不知不覺間言語得罪了人。

「不嚴重，已經好很多了。」她站起來說。

朱宣文也站起來，為她介紹：「這位是華東區總經理，程總。」

被叫作程總的男子舉了舉酒杯，淺笑著說：「朱董事長，我必須聲明，我這杯酒可不是敬你的，而是專門敬我們羅小姐的。羅小姐和令尊今天在股東大會上的表現實在精彩，真是讓我們大開眼界啊。」

這話聽得羅開懷有些不自在：「程總，您千萬別這麼說，我和我爸爸今天破壞了大會秩序，其實也挺不好意思的。」

「哪裡哪裡，你們可是今天最大的功臣哪！要我說，董事長，今天的酒會就應該把羅小姐的爸爸也請來，不然不就少了一位大功臣嘛。」

羅開懷更不自在了。想到這位程總和朱宣文之間微妙的關係，她舉著一杯酒，簡直不知該不該喝。

朱宣文想了想，倒是點頭說：「程總說得對，之前是我疏忽了，我們的確該請你爸爸過來。」

羅開懷忙說：「啊?這個……不要了吧，我爸爸他不會來的。」

「來不來是一回事，請不請是另外一回事，獎功罰罪，這是亙古不變的道理。之前我疏忽，已經是不對，現在程總既然提出來，我若是不請，落在別人眼裡還以為我賞罰不明。」

程總乾笑了兩聲。羅開懷也聽明白了，自古降將降歸降，大部分未必是真心服你，許多都是走投無路，能不能真正收服這些人，還要看你能不能鎮住人家。所以請他爸爸，此刻已經不是請他爸爸本身那麼簡單，她也不該再阻攔。

「酒會已經開始了，現在才請很失禮，」朱宣文說著想了想，「要不這樣，我親自去請，你爸爸應該會原諒吧？」

羅開懷暗想，那也不用你親自去吧？

程總訕笑著插言：「這樣恐怕不好吧，董事長，您是今天的主角，酒會不能沒有您。」

說話間又有幾位來敬酒，待一一應對了，羅開懷說請她爸爸不用那麼麻煩，打個電話，讓爸爸自己來就好了。

程總似乎是為了挽回留給新主子的壞印象，積極地說：「要不這樣，由我代表公司跑一趟，去羅小姐家裡接羅先生過來？」

「那怎麼行？」羅開懷說，人家好歹也是個經理，怎麼好隨便使喚人家，「其實還是我去最合適，就我回去一趟吧。」

程總想了想，笑著說：「那再好不過了，羅小姐當然比什麼人都合適。」

道理上倒是這樣。「可是……」朱宣文不知怎的，就有些猶豫。

「放心吧，董事長，」程總曖昧地笑著說，「我保證給羅小姐找個最快的司機，用不了多久，您就又能見到羅小姐了。」

朱宣文終於點了頭，只是當羅開懷走出幾步，他卻又突然叫她回來，然後拒絕了程總派的車，讓Dave親自去送她。

對這個突然做出的小小改變，羅開懷當時並沒有想太多，只是猜想大概他和程總的關係一般，還是用Dave自在些。

2

羅開懷久久都沒有回來，Dave也聯繫不上。

朱宣文再看一眼腕錶，感覺那小小的指針彷彿心煩意亂似的，越走越快。Dave跟在他身邊七年，手機關機是從未發生過的事情。

程總一臉輕鬆地走過來：「董事長，我查過了，相關路段並沒有車禍發生，您放心，大概只是哪裡堵車了。」

程總的話不無道理，可他就是坐不住。

「程總，我出去一趟。」

「不是吧，您現在出去？」程總說著也看一眼表，「都過去一個多小時了，您現在出去，萬一他們一會兒就回來了呢？」

朱宣文頓了頓。「那你到時電話通知我。」說完，頭也不回地直接朝廳外走去。

剛才那種直覺又上來了，不，其實是從未消失。他很後悔，為什麼沒有在最初那一刻阻止她。又或許是杞人憂天吧，他想，也許程總說得對，他們只是在哪裡堵住了。可他就是坐不住，好像只有親自出去看一看，才能確保她平安似的。至於出去了又能做什麼，他也不知道，腦子在清晰與迷亂之間切換，所能想到的，只是開車在她的必經之路走一遍。

一路上霓虹絢爛，車流如梭，目之所及如往日一樣繁華而普通。他的心便稍稍放了放，也許的確是太敏感了吧，城市這麼大，稍稍在哪裡堵一堵，這個時間回不來也很正常。

下意識地瞥了眼手機，那個電話打來，就是在這個時候。

「少……少爺……」是Dave的聲音！

突然一個急剎，差點撞上前面的車。朱宣文握住手機的指節泛白，一瞬間有太多的話想問：Dave為什麼用陌生號碼打來？他的聲音為什麼這樣虛？過去的一個多小時到底發生了什麼？

開口卻只能揀最要緊的先問：「Dave，你在哪？羅開懷呢？」

Dave喘息了一會兒，像在確認位置：「……我也不知道這是哪，羅醫生她沒和我在一起。」

「沒在一起?!那她在哪裡?到底發生了什麼?」

Dave又喘了一會兒,聲音透著惶恐:「我是真的不知道羅醫生在哪。我們從酒店出來不久,就有幾輛車跟著我們,後來我拐到另一條路上,那幾輛車還是跟著,再後來,我被他們逼進一條小路,前面又撞過來一輛車,我躲啊躲,結果就……翻車了。」

「翻車了?!」

「後面的事我就不知道了,我也是剛剛才醒過來,救我的人說,他們發現我的時候,車上就只有我自己。」Dave越說聲音越弱,語氣裡還漸漸帶了哭腔,「對不起,少爺,我沒保護好羅醫生。」

已經不能更清楚。Dave是當年爺爺特地找來給他做貼身保鏢的,雖然人有點娘娘腔,但車技武藝都經過專門訓練,能把他逼得翻車,絕不是一般人能做到的。算上這一次,一共發生過兩次。

身後傳來排山倒海般的鳴笛聲,朱宣文一醒,匆匆開動車子停到路邊。

「這不是你的錯,Dave,」他意外地聽到自己的聲音仍保持鎮定,「你已經做得很好了,你的傷怎麼樣?」

Dave似乎對少爺這個時候還惦記著他很感動,哭得更凶了:「我只是一點皮外傷,就是羅醫生……羅醫生她……嗚嗚嗚。」

朱宣文深深地吸了口氣:「羅醫生的事,我會處理。」

掛上電話,他意外地發現自己現在反倒不害怕了。當最壞的擔心變成事實,身體裡彷彿突然生成一股極不尋常的力量。他幾乎沒經思考就撥通了那個號碼。

電話立刻就被接起來了，彷彿那邊也是在專門等待。

「宣文，有事嗎？」朱力揚揚得意的笑聲裡透著陰冷，「你現在不是應該在開你的慶祝酒會嗎？怎麼有興致打給我？」

「放了她，」他沉沉地說，「你想要什麼我都答應你。」

朱力訝異地抬高語調：「放了誰？你說什麼？」

「你現在放人，就還有機會談條件，不要等到我失去耐心，最後竹籃打水一場空。」

「注意你在和誰說話，」朱力不悅地說，「宣文哪，雖然你現在做了董事長，但我好歹還是你的二叔，和長輩說話，應該是這樣的語氣嗎？」

「你到底想要怎樣？」他終於沉不住氣了，低吼出來，「到底怎樣，你才答應放了她？」

朱力發出陣陣笑聲，彷彿一隻逗弄老鼠開心了的貓。「我想怎樣？哈哈，到現在你還問我這樣的問題，看來你的智慧水準的確不適合領導 **TR**。」

「你還想做董事長？」他哼笑，「恐怕現在就算我肯讓位給你，股東們也不答應。」

「那就要看你了，事在人為，只要你真心想讓，一定會想到辦法。」

片刻的沉默。

「你想要我所有的股權？」

「本來今天之前，我也沒這個想法，」朱力故意做出為難的語氣，「可是你都看到了，你那個小寶貝在會上那麼一鬧，我再想做董事長，如果沒有你的股份還真是有些難辦。」

更長一些的沉默。

「捨不得了？」朱力等了一會兒，笑著說，「捨不得也沒關係，自古英雄難過美人關，你若是能連這一關也過去，說明你夠狠辣決絕，有大將之風，輸給你這樣的對手，我也算心服口服。」

「你不許傷害她！」

朱力哈哈大笑：「我比你更不想傷害她，可決定權在你手上。」

「……你在哪裡？」

3

疼。

頭、脖子、肩膀、四肢、五臟六腑，好像哪裡都疼。羅開懷睜開眼，眼前一片漆黑，只有幾公尺外的門縫裡透進一點微光。手腳被綁著，身下是冰冷的水泥地，她藉著微光四下觀察，見這間屋子四壁皆空，旁邊牆上的窗子被木板釘著，粗縫間透過夜的沉黑。

這是哪裡？我怎麼在這裡？意識轉動起來，昏迷前的記憶紛至而來。酒會、程總、朱宣文臨時改叫Dave送她、他們被跟蹤，然後前面衝來一輛貨車……

她徹底醒了。綁架？！這兩個字一入腦，毫無預兆地，股東大會上朱力那怨毒的一瞥突然躍入腦中，她突然打了個寒顫，脊背像有冰刃劃過。

朱力綁架了我？對，這幾乎沒有疑問。但他綁我做什麼？有兩個可能，一、殺了我洩憤，二、做人質。

一不大可能，他當然不怕殺人，但不會只為洩憤而殺人，殺了我他得不到什麼，又徒增危險，他不至於這麼魯莽。

那麼就是二了。他要用我威脅朱宣文？用來交換董事長之位？

這想法一冒出來，她發覺自己的第一反應竟然不是「那可怎麼辦」，而是「他會答應嗎」。腦子一下就亂了起來，下意識地把「他答應」和「他不答應」兩種結果交替設想了許多遍，難過地發現哪一種都不是她想要的。

一陣夜風從窗縫吹進，帶起一點灰塵的味道，她忽然又想此時此地，自己被綁架至此，腦子裡想的不是怎麼逃走，而是能否成為一名合格的人質，智商淪落至此，真是叫自己都無話可說。

想到逃走，她再次四下打量這房間，覺得這裡像廢棄的郊外民居。朱力綁架她，應該不會把她藏到太遠的地方，因為路途遙遠容易節外生枝，可也不會太近，還要人煙稀少，所以這裡最有可能就是郊外村落。忽然想起近郊有個村子最近正拆遷，這裡四壁皆空，感覺卻並不荒蕪，極像是住戶剛剛搬走的樣子。

心臟猛地激動一秒，可下一秒又沮喪起來。如果真是這裡，那就說明遠近住戶都已搬走，她叫破喉嚨也不會有人來救她。

那就只有靠自己了。

窗板被釘得牢牢的，徒手一定打不開，就算能打開，也得先解開手上的繩子再說。她掙了掙，綁得還真結實。記憶中影視劇演到這裡，鏡頭中都會出現個玻璃瓶、水果刀什麼的，以供主角逃生之用，可她這裡卻是乾乾淨淨，好像對手早料到她會生此念，事先特地打掃過。

門縫外的燈光一直在，卻沒什麼動靜。朱力為掩人耳目，定然不會派一個軍隊的人來看守她，就安靜程度來看，外面的人應該不多，少則一個，多則兩個。

思緒到此便停了下來，好像什麼都想到了，就是想不到怎麼逃出去。大腦一停，疼痛便又乘虛而入，左肩後一處尤其火辣辣的，那是斜肩禮服裙露出來的地方，應該擦傷得很嚴重。

不由得就想起Dave那句話：「對嘛，斜肩款才對！」

呵，Dave。不知他現在怎麼樣了，被滅口了，還是逃走了？他那麼厲害，應該會逃走吧？他會找到朱宣文嗎？他們會來救我嗎？

水泥地面冰涼，躺久了很難受，她想自己應該坐起來，那樣腦子也許會靈活些。以手腳被縛的姿勢坐起來很費力，她稍一用勁，左肩好像突然被撕裂，一陣鑽心的疼痛傳來，她不由得就叫出了聲：
「啊！」
立刻意識到糟了。
還沒等她想好對策，門突然被推開，一個男子進來，對上她的目光，一瞬有點不知所措。
羅開懷迅速打量那男子：他看起來比她還年輕，一頭黃髮夾著幾縷紫色，尖瘦臉，黑色骷髏頭T恤，脖子上掛條銀鍊子，牛仔褲看不出顏色，不知是破洞款還是穿破的。
幾乎是不良少年的教科書級打扮。
男子看了看她的手腳，見繩子還縛得緊緊的，便略有放鬆。「老實待著，別亂動。」說完便要轉身出去。
「哎，等一下！」
其實她也不知叫住他要做什麼，只是覺得，他身上或許繫著她逃生的希望，她必須叫住他，然後見機行事。
「幹什麼？」男子不耐煩地說。
「呃，我有點怕黑，」她飛快地邊想邊說，「你能把那扇門開著嗎？」
男子想了想，大約覺得開著門正好方便查知她動靜，便點了點頭，轉身又要走。
「再等一下！」

「又幹什麼？」

「那個，我好渴呀，你能幫我倒杯水嗎？」

男子想了想。「你等著。」說著出去了。

羅開懷輕出了一口氣。其實倒水才是她的真正目的，只是直接說有可能被拒絕，她便先求他開門，這是個非常簡單又對他有利的請求，他很可能答應。雖然這看似只是一個簡單的請求和答應，可一旦實現，卻會在他和她之間建立一種柔軟的連接，使他在潛意識裡對她不再那麼冰冷，這時再請他倒杯水，他便很可能繼續答應。

他端著個玻璃杯進來，在她面前站了一會兒，大約也覺得躺在地上實在沒法喝，便蹲下扶她起來。她試著起身，儘量表現得很痛苦，這個幾乎不用裝，本色演出就可以。她想如果自己表現得足夠痛，或許會激起他的惻隱之心，他就會暫時把她手上的繩子解開。

不過事實是他並沒有什麼惻隱之心。她終於坐起來了，用被縛的雙手小心地捧著杯子喝水，既表現得像是很渴，實際又喝得很慢，腦子飛快地轉著。

假裝失手摔碎杯子，然後趁其不備藏起一塊碎片？她構想了一下，難度太大，又極易被發現，即使真的成功了，解開了繩子，她也很難從他手裡逃出去。

她用餘光瞄著他，看到他手臂上深深淺淺的疤痕，像是打架留下的，都是舊傷。以他的年紀，起碼初中就輟學了，他應該來自不正常的家庭，從小缺乏父母一方或雙方的愛，自幼常受苛責，外表狠辣，實則內心一定自卑，還缺乏安全感……可知道這些又有什麼用？若是在診所做諮商，每週一次連續半年，她有信心讓他意識到自己內心深層次的問題，從而放下屠刀改邪歸正也說不定，可現在她只有一杯水的時間，她必須像個精準的神射手，瞄準靶心，一箭中的。

餘光從手臂掃到銀鍊子，她的視線一停，飛快地收了回來。倒不是他發現了她在打量他，而是她看到了一樣東西。

在他的銀鏈子上，墜著一隻可愛的小熊。

那是與他的外形不相符的東西，他卻大大方方地戴在胸前。那代表什麼？他內心深處另一個自己？或者更簡單些，一個在意的人送他的？

一口氣喝了大半杯水，她放低杯子，假裝不經意地看向他胸前。「這個小熊真可愛。」

他一愣，低頭，脣角微微向上抿。她暗喜。

「是誰送你的嗎？」

他摸了摸那隻小熊，臉上現出一種不經意的柔軟。「我弟弟給我的。」

「你弟弟？」她大著膽子追問，「他年紀很小嗎？」

「他小時候給我的，」隱含的笑更明顯了，「現在都念中學了。」

他把「中學」兩個字說得稍重，神情裡有種驕傲，像是卑微的父母對人說起成績優異的孩子。

「那他學習一定很好吧？」

「名列前茅，」他揚了揚眉毛，「比我強多了。」說完忽然愣了一會兒，像是在想自己怎麼和這個人質說這麼多。

「你喝完了嗎？」

「呃，我再喝點。」她說著急忙捧起杯子又喝起來。

父母缺席，成績優異的弟弟，以弟弟為榮的大哥……他輟學是為了養活弟弟？小小年紀做不了什麼事，又遇人不淑，最終墮入幫派？想起母親去世後自己照顧弟弟的這些年，羅開懷忽然覺得，這個陌生人的形象在自己心中鮮活了起來……水喝完了。

他一把拿過杯子，轉身要走。

「你挺不容易的吧？」她脫口而出。

這句話沒前沒後，他卻陡然站住了，回頭看她一眼，沉默片刻，還是轉身出去。

那一眼，羅開懷分明從中看到了震驚、脆弱、茫然、柔軟……還有許多許多，那是語言無法表述的情感，非經歷一番那樣的遭遇不能理解。那一刻，她清楚地確信，自己擊中了他心中最柔軟的那一塊，再給她一點時間，她甚至有把握勸說他放了自己。

可惜他已經走了。

她坐在水泥地面上，背靠著冰涼的牆面，心跳有點異常，說不清是興奮還是挫敗。屋子又恢復了安靜，好像與剛才並沒有什麼不同，只是門開著，透進的亮光不知不覺間消弭了一絲陰寒。

咦？她側耳細聽了聽，有音樂聲？再聽，的確是音樂，就從門外傳來，很快節奏的那種，像是……手機遊戲。

手機遊戲？！手機！

她猛地坐直上身，帶得幾處傷口劇痛，她咬緊牙齒，內心一陣狂喜。手機！只要弄到他的手機，就有辦法求救了……可是，要怎麼弄呢？

她看看門外那束光，又看看自己被縛住的雙手，咬了咬唇，張開嘴，伸出一根手指向喉嚨裡摳去。一陣強烈的噁心，她「哇」地嘔吐起來。胃裡沒什麼東西，只把剛剛喝的水吐了出來，濕漉漉的一大攤，很有視覺效果。

男子果然立刻衝進來。「怎麼了？」

她猛烈地咳嗽起來，做出十分痛苦的樣子，心裡卻興奮地怦怦直跳。他果然是拿著手機進來的！大多數人玩手機正入迷的時候，如果有事要突然離開，通常不會放下手機，而是下意識地把手機拿在手中。她剛剛賭他會帶手機進來，她贏了！

「我……我也不知道，」她邊咳邊說，「就是突然胃難受得厲害。」說罷又乾嘔起來。

他猶豫片刻，蹲下來，放下手機，把她往旁邊乾爽的地方挪了挪。羅開懷一邊繼續乾嘔，一邊悄悄把腿放平，蓋住他的手機。

「謝謝你，」她緩了緩，虛弱地說，「可能是剛才喝了涼水，你能幫我倒杯熱水嗎？」

他皺眉：「這裡沒熱水。」

很好，要的就是沒有熱水。

「求求你，」她痛苦地說，「你能幫我弄一點兒來嗎？我……我好難受。」

有了剛才那一眼，她相信他潛意識裡已經對她有些在意，所以應該不會拒絕這個請求。他看守她不知要多久，不可能叫外賣解決溫飽，所以外面應該有燒水工具，用來泡個麵什麼的。

他想了想，果然點頭：「你等一會兒。」

他的背影剛消失，她立刻奮力拿過手機。腳步聲漸遠，外面響起裝水的嘩嘩聲，她飛快地給桃子發了個簡訊：桃子，救我。裝水聲停了，不一會兒他的腳步又漸近，她飛快地調好遊戲畫面，把手機扔在原地。

「得等幾分鐘，你還行吧？」

「嗯。」她忙點頭。

他轉身出去，想了想，又快步回來，一眼看到地上的手機，撿起來，看看畫面，又看看她，終於轉身出去。

她鬆了口氣靠在牆上，感覺剛剛心都快跳出喉嚨口了。

「桃子」是她對桃子的專屬稱呼，這四個字，她相信桃子能看明白。簡訊裡沒有地址，可她聽說警方會手機定位，那麼，剩下的就是希望桃子盡快找到她了。

她能找到這裡嗎？她能找到這裡吧。還有他，他能找到我嗎？他會來救我嗎？

等待變得無限漫長，窗外始終暗沉沉的。一陣倦意襲來，她閉上眼，仰頭靠在牆壁上。模糊中聽見門口的腳步聲，她反應一瞬，急忙抬頭，看見的卻不是桃子，也不是他。

男子持刀立在門口，見她醒來，表情一僵：「對不起，但我也沒辦法。」

「你要殺我？」她驚恐地向後退，但身後已是牆壁，「……為什麼是現在？」

她飛快地猜想剛剛發生了什麼。她失去人質價值了嗎？朱宣文不肯救她？不，不會！此刻精神高度集中，她忽然確信朱宣文一定不會不管她，只是……就算他答應了朱力的要求，朱力就會放了她嗎？陡然一驚，她這才發覺自己其實置身於一個死局：朱力怎麼可能放了她？當然是殺她滅口，把他自己和這件事撇得一乾二淨。

「我不知道你得罪了什麼人，也不知道他們為什麼殺你，」男子走近了，刀抵在她脖子上，眼中凶光顯露，「但老闆有命令，他們讓你現在死，你就得現在死。」

「等一下！」桃子還沒動靜，她必須想辦法自救，「殺了我，他們給你多少錢？」

男子愣了片刻：「多少錢也得殺，別以為你出雙倍我就能放了你。」

「我不會給你錢，我只是想問你，這錢你想用來幹什麼？」

「你想多囉唆幾句，多活一會兒？」

「用來養活你弟弟嗎？」

男子持刀的手一顫，她頸上多出一道血痕。她忍著疼，繼續說：「你弟弟學習很好是吧，他在念初中，還是高中？你還希望他將來念大學嗎？你殺了我賺的錢，就是要用來養活他？」

「你閉嘴！」

「你害怕了？你怕等到有一天他長大成人，你不敢告訴他，他的學費裡沾著人命呢！就算他再優秀，他的過往裡也有你欠下的血債。」

「殺你是我做的，與他無關，別以為你伶牙俐齒，我就會放過你。」

她緊緊盯著他：「你就不怕被抓嗎？」

他唇邊浮起一絲不屑：「萬無一失，這個真不用你操心。」

萬無一失？這個詞讓羅開懷有些在意，是他口出狂言，還是他們真的有什麼萬全計畫？朱力做事謹慎，看來很可能是後者。那怎麼辦？自己今天是真的逃生無望了嗎？

「你就不怕萬一嗎？」她不放棄地追問，「多少殺人犯被抓前都認為自己萬無一失，你以為員警都是白當的？技偵、網偵、圖偵、刑偵，還有多少你聽都沒聽過的偵查手段，天羅地網，你以為你們那點小小伎倆真能瞞天過海？」桃子以前和她吹噓員警多厲害，她只哼哈地聽著，一共就記住這麼多，沒想到今天真派上了用場。

這些話明顯起了作用，男子的刀無意間鬆了鬆。

「萬一你被抓了，你存下的錢夠養活你弟弟多久？一年？兩年？還是三年四年？他以後怎麼辦？

有人繼續供他念書嗎？」

他下巴緊繃，眼中卻閃過一瞬驚恐。

她知道自己找準了方向，繼續說：「想也知道，他一定會輟學，用不了多久，他就會變得像你一樣，甚至比你更慘。真是可惜啊，原本那麼好的成績，也許能考上好大學，有個錦繡人生呢。」

「你別說了！」他竭力吼叫著，脖子上青筋畢露。

「我是可以不說，但你可以不想嗎？我不知道他們給了你多大壓力讓你殺我，但我告訴你，許多你以為非做不可的事，其實並不是真的非做不可。想想你加入這一行最初的目的，你是為變成殺人犯而加入這一行的嗎？還是只是為了養活你弟弟？殺了我，你只會離最初的目的越來越遠！」

她越說越有氣勢，目光炯炯地逼視著他，眼神比他的刀子更鋒利。男子的目光開始躲閃晃動，手中的刀子也在她頸邊搖晃，半晌，終於噹啷掉落。

「啊——啊——」他踉蹌著站起來，兩步跑到被釘住的窗邊，聲嘶力竭地大叫。

砰！大門就是在這時被撞開的，桃子轉瞬就和一隊便衣衝進來，三兩下制伏了半崩潰狀態的男子。羅開懷第一反應是怎麼來得這麼巧，又一想，怪不得影視劇裡的員警都在麻煩解決後才出現，原來藝術果然源於生活啊。

這時另一個男子突然出現並蹲在她身邊，馬上帶來了第二個更加有深度的問題：「朱宣文？你怎麼和他們在一起？」

「朱力告訴了我這個地方，剛好桃子也定位到了這裡，我們就一起來了，」他簡短地說，一臉緊張，「你怎麼樣？哪裡受了傷？嚴重嗎？」邊說邊以目光檢查。

羅開懷驚訝地問：「朱力？他怎麼會告訴你的？」

朱宣文微微一頓：「你的肩膀受傷了。」

「……你答應了他什麼條件？」

「你別亂動，我幫你把繩子解開。」

桃子制伏了綁匪，也過來關心羅開懷的傷勢，確認她只是一些皮外傷，終於放下心來，揚眉笑著說：「哎喲，我的大小姐，還好你沒事，你不知道，這一路上我們的朱大帥哥擔心得魂都快掉了。」

羅開懷看向他，他仍在費力地解繩子，因為背著光，看不清神情。

「那個，」她小聲說，「你旁邊，其實有把刀。」

他看向手邊，這才發現綁匪剛剛掉落的那把刀，忙撿起來挑開繩子。桃子抿唇看看他，又看看她，再次確認了她傷勢無礙，意味深長地說要帶綁匪歸案。員警似乎都有高於常人的洞察力，臨走時，好幾個便衣向他們投來含蓄的回眸。

屋子靜得太突然，叫人措手不及。屋外的燈光投進來，房間半明半暗。也是奇怪，明明是一樣的昏暗，現在與十分鐘前卻分明有了不一樣的溫度。

「你沒事，真是太好了。」他說。

她嘴唇動了動，有些話在喉嚨裡，想說，卻有什麼東西堵著。他來救她了，比她想像的更乾脆果決，這是她今晚設想了許多遍的結果，此刻真的發生在眼前，她才知道，自己原來是這麼難過。

「你到底給了朱力什麼？」

他抬手撫上她的臉頰，笑了。「沒有什麼比換回你的平安更重要。」

一滴淚珠落下來，濡濕他指尖。「你放棄了你的股權對不對？」

他溫暖地看了她一會兒，用手指幫她擦乾眼淚。「你知道嗎，剛聽 Dave 說你失蹤了的時候，我急得快瘋了，那時我心想，只要能把你平安找回來，我願意放棄所有的東西。現在願望成真，這不是很好嗎？」

她嘴唇一癟，洶湧的眼淚決堤而出。自從媽媽去世，她已經很久沒有大哭了。過去的許多年，不管生活每一次如何艱難，她都相信自己能挺過來，她也確實都挺過來了，即使是今晚剛剛命懸一線的時候，她也沒有一絲想要哭的感覺。她以為自己大概被生活磨練了太久，以至遇到再大的危險、再難的處境，她也都不會哭了。誰知就是現在，明明危險已經過去，她應該很開心很開心的時候，眼淚卻像決堤的洪流，洶湧不絕。她想這十幾年自己原來不是沒有眼淚，它們只是存了下來，在等待今天。

哭了很久很久，眼淚濡濕了他半邊襯衫，她終於止住眼淚抬起頭來，有些不好意思。「對不起哦，把你衣服都弄濕了。」

「要是還想哭，我還有半邊襯衫，」他笑著說，「不過，我還是喜歡看你笑的樣子。」

他的眼神語氣像有魔力，明明淚珠還沒乾，她看著他，就真的笑起來了。想起以前桃子說，女孩子談戀愛的時候就是一會兒哭一會兒笑的，她想，是不是就是這個樣子？這樣一想，笑得更濃了。

忽然，她又皺了皺眉。

「怎麼了？」他問。

「我覺得不對勁，朱力怎麼真把地址給你了？我還以為他會殺我滅口。」

他想了想，也說：「我簽《放棄股權同意書》的時候，也以為他不會輕易告訴我你在哪裡，可沒想到他真說了，我當時救你心切，也沒想太多，現在想想，的確是太容易了。」

她思索一會兒，忽然問：「你在來的路上有沒有遇到什麼人？」

「有幾個村民模樣的人，怎麼了？」

「我知道朱力的計畫了！」她脫口而出，「剛剛綁匪對我說，他們有個萬無一失的計策，還說老闆讓我現在死，我就得現在死。他們是算準了你趕到這裡的時間，在你到達之前殺了我，然後嫁禍給你，連目擊證人都找好了。這裡已經在拆遷，如果不是特地安排，深更半夜怎麼會有村民出現？」

他聽著，也慢慢露出驚訝的神情，良久，齒縫裡念道：「朱力！」

「我們絕不能讓他得逞！」

他有點詫異：「他的確沒得逞，你不是好好的？」

「我是說股權，你的股權不能就這麼讓他搶走了。」

他輕嘆了嘆，和她一起背靠在牆上。「上次我裝病，就是想把公司讓出去，兜兜轉轉這一場，現在終於讓出去了，又要把它拿回來，你說何必呢？」

她看了他一會兒，良久問：「那你甘心嗎？」

他笑，抬手摸摸她頭頂。「有你，我什麼都甘心了。」

「可是我不甘心，朱宣文，我不甘心，我們明明都已經贏了，我們已經改寫了命運！」

「你有沒有想過，也許命運其實就像歷史一樣，是改變不了的，我們已經盡力了，也沒有什麼遺憾。」

「我們還沒有盡力，」她堅定地說，「你那份《放棄股權同意書》是被脅迫簽的，只要能證明朱力是這起綁架案的主使，就能讓『同意書』失效。」

他目光投向遠處，哼笑了一聲：「以他的謹慎，恐怕很難。」

「幾個小時前，你在酒會上對我說，命運天定，也靠爭取，這是我教你的，你會銘記。現在，你還記得嗎？」

他看著她，眼睛裡有微光閃動。「我當然記得。」

「命運把這段奇特的記憶給了我們，絕不應該只是為了告訴我們命運天定，我想再試一次，朱宣文，你願意嗎？」

他深深地看著她，唇角慢慢地彎起來。「好，我願意。」

第十四章　強搶民女

「來人哪，」她咯咯笑著說，「強搶民女了。」
「這江山萬民都是朕的，朕便搶了你又如何？」

1

「怎麼會查不出來呢？」羅開懷陡然一大聲，引得刑警隊好幾雙眼睛看過來，嚇得她又急忙降低音量，「那是實實在在的綁架案，怎麼會沒辦法查？」

「綁架案當然能查，」桃子無奈地說，「可問題是查不出你想要的結果。最多抓出幾個流氓小頭目，你的證詞又說綁匪之前已經放棄了殺人意願，這種情況還得輕判，真的再抓不出大魚大蝦了。」

「大魚大蝦就是朱力，肯定是他，一定是他！」

「我的大小姐，要是像你這麼辦案，我們刑警隊人人都能當神探。」

「你不就一向自詡女神探？」

桃子張了張嘴，被她氣得乾瞪著眼，拿了塊餅乾扔進嘴裡。羅開懷也覺得桃子大概真的黔驢技窮了，想了想又問：「那之前朱宣文那起車禍呢？還有秦風的投毒，都有新線索了嗎？」

桃子一塊餅乾已經吃完了，被她這麼一問，又拿起一塊。羅開懷一把搶過餅乾。「你還沒回答我的問題。」

桃子第一次在自己辦公室有了一種當嫌疑人的感覺。「之前那起車禍呢，他是真的做得乾乾淨淨，肇事司機都死了，經濟往來上又沒查到什麼蛛絲馬跡。至於秦風呢，」她頓了頓，長嘆一聲，「人家一口咬定自己是一片好心，想給朱宣文用最好的藥，只怪自己業務不精，事先不知道那藥有毒，你能拿人家怎麼樣？」

「怎麼會？你以前不是總吹噓不管嫌疑人多麼嘴硬，你一出馬就能問出實話嗎？」桃子覺得今天簡直是她的打臉大會。「可他們都不是秦風啊！秦風是你的老師、你的所長，他什麼水準你不知道？不怕你笑話，別說是我了，就連我們局幹了幾十年的老前輩都出馬了，硬是什麼都沒問出來。人家老前輩都說，他幹了一輩子，什麼嫌疑人沒見過？這回算是開了眼了。」

「秦風那麼厲害呢？」羅開懷捧著水杯，下意識地轉著，「以前在學校，沒覺得他那麼厲害呀，在診所裡也就是覺得他挺好色的。」

桃子終於吃到了她的第二塊餅乾，想了想說：「可能是早有準備吧。他要是真像你猜的那樣，跟朱力狼狽為奸許多年，肯定對這一天早有準備。」

羅開懷若有所思地點著頭，過了一會兒，忽然眼睛一亮：「桃子，你說得對，秦風他肯定早有準備！不只心理上，證據上只怕也早留著一手，只要我們能把他拿下，朱力肯定跑不掉。」

桃子木然地看看她，用「這用你說」的表情扯扯嘴角：「那你先告訴我，要怎麼拿下他？」

羅開懷一滯，悶悶地靠在椅背上，也抓起一把餅乾扔進嘴裡。

2

「我倒是覺得，勸說秦風還有另一個角度。」朱宣文一手捏著下巴，若有所思地說。車窗外的陽光照進來，勾勒出他好看的側臉，從這個角度看去，讓人想起沉思中的福爾摩斯。

羅開懷緊鎖的眉心驟然一抬：「真的？」

Dave 從駕駛位好奇地回過頭：「真的？」

朱宣文看看她，又看看他，片刻，鎮定地說：「桃子說，始終沒找到秦風和朱力私下來往的痕跡，是吧？」

「沒錯，就像他們兩個真的不認識似的。」

「這絕不是一種信任關係。」

「是啊，他們其實是互相提防，以免一個出了事，另一個也被牽連進去。」

「正是，」朱宣文點頭說，「在這段關係裡，朱力需要秦風幫他辦一些常人所不能辦的事，而秦風應該只是求財，兩人各有所需，所以關係穩定，但現在，情況出現了變化。」

羅開懷恍然大悟：「你是說，朱力現在已經得到 TR，再沒有什麼見不得人的事要秦風幫忙，而秦風又剛剛被警方傳訊過，有暴露的危險，所以朱力就……」

「你說，這一點能不能讓秦風開口？」

「朱探長你太厲害了！」羅開懷喜極而叫。朱宣文擺出「好說，好說，少誇幾句就行」的謙虛樣，卻見她根本就沒接著誇，而是低頭滑起手機來。

「你在幹什麼？」

「打電話給桃子啊，叫她趕緊出來，我們去診所找秦風。」

「現在就去？」

「當然，不然朱力那麼老辣，萬一我們去晚一步，秦風被他除掉了怎麼辦？」說完又覺得這話太不吉利，忙又改口，「我是說，雷厲風行嘛。」

3

玻璃旋轉門周而復始，人來人往，診所所在的大廈與往日看不出任何不同。四人進了電梯，羅開懷在數字12前停了片刻，終於按下去。朱宣文拍拍她肩膀，她轉身，對他點點頭。

其實還是怕的，自從上次Linda誤服了朱宣文的藥被送到醫院洗胃，她就沒再和秦風聯繫過了，辭呈也是托同事轉交的。是真的不知該怎麼開口，要怎麼說呢?所長，因為你利用我去毒殺患者，所以我不能再為你工作了？

秦風是她的老師，雖然在學校時並沒有走得很近，但他畢竟在她找工作時收留了她，她對他還是有感激之情的。雖然現在看來，他當初收留她也很可能存了伺機利用之心，但此時此刻，她還是想在面對秦風時少想一些人性之惡。

電梯門開了，她走出去，發覺雖然才離開不久，對診所卻已經有些陌生了。她以為這陌生感來自時間，卻很快發現並不是這樣。

櫃檯空無一人，等候區椅子淩亂，桌上、地上散落幾個紙杯，整個診所都靜悄悄的。這是工作時間，怎麼會這樣？

一陣不好的感覺湧上心頭。如果他們都想得到秦風現在處境危險，他自己怎麼會想不到？看診所這個樣子，秦風一定已經失蹤不止一天兩天了，很可能最後一次露面就是被警方傳訊。往好的地方想，他是跑路了；往壞的地方想，甚至可能已經被滅口。

Dave 嫌棄地邁過一個空紙杯。「哎，你們診所沒有人打掃衛生嗎？」又不解地伸長脖子，「工作時間，人都哪去了？」

羅開懷與朱宣文對視一眼，在對方眼中看到一樣的擔憂。

「我們去秦風辦公室看看吧，」桃子說，「事出倉促，他很可能留下些有價值的線索。」

羅開懷頓覺有理，暗嘆帶個刑警來真是對了。Dave 露出更加不解的表情：「這樣不好吧？亂翻人家的辦公室，很沒禮貌的。」

4

辦公室倒是打掃得很整潔，窗明几淨，檔資料擺放得整整齊齊，一個杯子敞口立在辦公桌上，裡面還有半杯水。桌上的相框裡，秦風依然樂呵呵地笑著。若不看外面，簡直會以為主人只是剛出去一會兒，用不了五分鐘就會回來。

他們翻找了一遍書櫃、抽屜，都是些日常工作用的檔案和書籍，如預料中一樣一無所獲。四人佇立在屋子裡，一時都一籌莫展。

「看樣子，秦風是主動逃走的，而不是被滅口。」桃子想了想，問羅開懷，「你知道秦風如果逃走，可能會藏在哪裡嗎？」

羅開懷搖了搖頭：「我和秦風工作以外沒什麼交往，再說就算我知道，我都能想到的地方，他怎麼可能去？」

桃子一時也沒了言語。羅開懷忽然感到很無力，坐在了身後的沙發上。那是一張義大利產的墨藍色絲絨沙發，亮澤的絲絨迎著窗外透進來的陽光，發出寶石一樣的光芒。診所裡許多醫生都曾羨慕這張沙發，Linda 就曾說應該給每個診間都配一張，秦風當時笑說診間是治療的地方，環境以整體和諧為主，並不是建座皇宮，病人一走進去病就好了。Linda 反駁說他只是嫌沙發貴，捨不得給大家配而已。

此刻她坐在這張沙發上，往事歷歷在目，仍是這樣近，卻又已經那麼遠。

朱宣文在她身邊坐下來，安慰說：「沒關係，我們一定還能找到新的線索。」

羅開懷看了看他，只是更沉地嘆氣，又把視線轉回來。突然，她的身子一僵，又朝他轉過身去。

他以為她想到什麼，正等她開口，卻見她傾身向他懷裡撲去，他一驚，一股熱血轟地湧上腦子。

她這是……重壓之下承受不住，急需有個貼心人安慰，所以主動投懷送抱？可是，當著桃子和Dave的面，這樣有點不合適吧？不過既然她都主動抱過來了，我一個男人也應該有所擔當才對。

一串想法一閃而過，他毫不猶豫地緊緊抱住了她，卻感到她的身體陡然一顫，緊接著萬分詫異地看向他。

他立刻意識到自己會錯意了，有些尷尬地問：「你……你想做什麼？」

「這話應該我問你才對吧？」她眼中詫異更甚。

他這才發覺自己還在抱著她，忙鬆開手。「那個……我以為……以為……」

桃子抿唇笑起來：「你看朱帥哥臉都紅了，你就別為難人家了，快給我們看看你拿到了什麼。」

羅開懷也終於反應過來他剛剛是怎麼了，臉「騰」地紅了，好在手裡有東西可以轉移注意力。

「我剛剛在那個沙發縫裡看到了這個。」那是一支口紅，金色的外殼十分搶眼，夾在朱宣文那邊的沙發縫裡，要不是他坐下，她還真發現不了。

桃子接過去，仔細觀察一番。「秦風身邊有關係穩定的戀人嗎？」

「沒有，」羅開懷說，「他一直沒結婚，雖然人看起來總色瞇瞇的，但從沒見他身邊有穩定的女朋友，在學校時，我們還私底下開過玩笑，說是不是他心理學研究得走火入魔，所以沒辦法和女性建立穩定關係。」

「那這支口紅……」

「是 Linda 的。」

三人齊齊看向她。桃子的目光尤為謹慎，雖然之前他們偶然聽到過 Linda 和秦風在電話裡交談曖昧，但既然秦風向來色瞇瞇，Linda 又是那樣的性格，兩人未必就是穩定的戀人，更不足以據此判定口紅就是 Linda 的。

「你確定？」桃子問。

「確定，這是那個牌子今年情人節出的限量款，管身還有一個字母『L』，情人節有特別刻字服務，『L』代表 Linda。」

「你一向不關心這些彩妝品牌，」桃子又問，「怎麼對這支口紅這樣了解？」

「這是 Linda 今年收到的情人節禮物，」羅開懷邊回憶邊說，「我清楚地記得她那天特別高興，幾乎向診所裡每個人都展示了一遍，說是新交的男朋友送的，我們問男朋友是誰，她卻又保密，說是等關係穩定了再說。」

「既張揚又內斂，」桃子盯著管身上那個飛揚的「L」，思索著說，「這很矛盾，後者應該不是她的本意，可能是那個男朋友的身份不方便透露。」

幾人一時無聲，各自思索這個新發現所帶來的可能。

Dave 忽然驚訝地睜大眼睛，一手掩口，驚叫道：「啊！我知道了！」

眾人又齊刷刷看向他。羅開懷雖然對他的智商不像對他的功夫那般樂觀，但還是很好奇他想到什麼了。

「秦風就是 Linda 那個隱藏的男朋友！」

繃緊的氣氛一鬆。桃子煞有介事地拍拍 Dave 的肩膀。「你這個發現很重要，對破案有很大幫助啊！」

「真的嗎？」Dave 又高興又羞澀地咬著指甲，「呵呵，也是你們引導得好，我才想到的，呵呵呵……」

桃子忽然又正色，問羅開懷：「秦風和 Linda 的關係，你們診所以前從來都沒有人察覺嗎？」

「我是從沒往那方面想過，至於別人，」她想了想說，「大家應該也沒發現吧，就算有人看了出來，也沒說出來過，畢竟涉及所長隱私。」

桃子神情微微一振：「這麼說，在秦風看來，他和 Linda 的關係仍然是祕密的，Linda 對他仍然代表著安全。」

「你是說，他現在藏在 Linda 那裡？」

「不一定，但只要找到 Linda，或許就可能找到秦風。」

5

整潔寬闊的街道，華麗高聳的大廈，在兩棟大廈的中間，有一條稍不留意就會被忽視的小巷，沿小巷走進去五十公尺，你會大吃一驚，因為在這座城市如此繁華的中心，你絕難想像只一個轉身的距離，竟然會藏著如此破敗的住宅社區。它就像一個美麗姑娘臉上的痤瘡，赫然存在又格格不入。

Linda 的家在這裡。桃子透過戶籍資訊查到了這個位址，羅開懷對這裡也有印象，念大學的時候，她曾和幾個同學來這裡找過 Linda，只是 Linda 當時堅持讓她們在馬路對面的咖啡館等，以至直到三分鐘前，她一直以為 Linda 的家是與那些華麗大廈差不多的高級公寓。

這些暗灰色的小樓錯綜複雜地擠在一起，只有這巷子一個出口，四人稍一商計，決定不貿然前去敲門，而是守在巷口外大廈門前的停車位裡。

從正午到傍晚，再到夜幕低垂，每個人都累得腰酸背痛，雖然車是名車，坐久了也一樣受罪。

「那個 Linda 不會根本就不在家吧？咱們這樣苦等有意義嗎？」Dave 有些沉不住氣地說。

桃子不動聲色：「上次我們蹲守一個通緝犯，在雪地裡守了三天三夜，那傢伙以為我們肯定熬不住走了，結果稍一露頭，立刻被我們拿下。」

Dave 知趣地不作聲了，朱宣文給他一個安撫的眼神。

華燈亮了又滅，夜的繁華甦醒又睡去，羅開懷在昏昏沉沉中只覺被突然晃了晃手臂，耳邊一聲桃子的叫喊：「快看，那是不是她？」

Dave 也突然驚醒，條件反射似的就要去開車門。「哪裡？出來了？在哪裡呢？」

朱宣文在副駕駛位上一把拉住他。「別急，再等等看。」

羅開懷徹底醒過來了，透過桃子那側的車窗，清楚地看到一個纖細身影拖著行李箱，前看看後看看，又走到街邊揮手叫車。雖然戴了頂帽子，頭髮遮住半邊臉，可只看身形和走路姿勢，羅開懷還是一眼就認出來了。

「沒錯，那就是 Linda！」

一輛計程車停下，Linda 迅速上了車。Dave 也發動車子悄無聲息地跟上，四人一路無聲，羅開懷只覺心臟越跳越快。

晨曦中的車流暢通無阻，才開出不久，計程車就停下了，Linda 拎著箱子下了車，看似朝一家旅館走去。羅開懷先是心生疑惑，接著又感嘆大隱隱於市，這裡交通便利，旁邊又是警察局，的確是個藏身的好地方。

四人尾隨 Linda 下了車，藉著酒店內便利商店的遮擋，見 Linda 已經進了電梯。

電梯一關，Dave 立刻身輕如燕地衝出去，眨眼工夫武林高手般消失在樓梯間裡。櫃檯女服務員睡眼惺忪地抬了抬頭，四下看看，又趴下接著睡。三人裝作住客模樣大搖大擺地朝樓梯走去，上至四樓時，聽見走廊內傳來清晰的人語聲。

遠遠便見Dave貌似懶散又一動也不動地斜倚在一間房門口。秦風壓低的聲音隱隱傳來：「旁邊就是警察局，你別以為可以胡來！」

羅開懷心中一緊，腳步就滯了一滯。直到現在，她還是沒想好怎樣面對秦風。左手一暖，是朱宣文的手，鎮定眼眸投來穩穩一瞥，她點了點頭，心莫名其妙地就穩了一穩。

「呀，少爺，你們來得可真及時！」Dave瞥見他們，高興地說，「羅醫生，快跟你們秦所長解釋一下，咱們是來幫他的，剛剛秦所長還以為我要謀財害命，連門都不讓進呢。」

秦風聞聲向他們望來，先是一驚，接著由驚轉恐，鎮定片刻，最後竟然笑了：「陶警官，開懷，這位是朱董事長吧？你們夠快的，我這裡剛住下，你們就找來了。」

羅開懷還是有些尷尬：「所長，我們……」

秦風倒是滿不在乎的樣子，仍不改標誌性笑容：「幾位別站著，既然來了就進來坐坐，不過我這裡條件簡陋，可沒有茶水招待幾位。」

房間內只有一把椅子，秦風大大咧咧地坐下，對將他圍住的四人視而不見。Linda局促地搓著雙手：「那個，我就是來給他送點東西，他說他要出門辦點事情……」邊說邊小心翼翼地瞄著眾人。「那個，你們找秦所長有事，我就不打擾了，你們慢慢聊啊。」說著閃身出去，頭也不回地走了。

秦風向她的背影投去複雜視線，桃子順著他的視線一瞥，想了想說：「秦風，既然你今天藏在這裡，就應該已經明白你自己的處境，現在你連一個女人都留不住，將來的生活可想而知。」

秦風哼笑說：「陶警官，咱們之前呢能說的都說了，要是您還想重複之前那些話，我建議您還是省省力氣。」

桃子氣急，一下握緊拳頭。羅開懷按住她，又勸道：「所長，我們也是為你好。」

秦風倒了杯水，自顧自喝起來，一副「怎敢在爾師面前班門弄斧」的姿態。羅開懷交握著手指，一時也沒了言辭。

「你怕死，還是怕坐牢？」朱宣文忽然問。

「兩個都不怕，我秦風行得正，坐得端……」

「秦風！」桃子突然一拍桌子。這一下拍得極重，嚇得秦風也是一顫。

朱宣文唇邊浮起一絲譏笑：「你藏在這裡，我們能找到，朱力也一樣能找到。先遇到我們，是你的幸運，但你不要以為會永遠這麼幸運下去。」

秦風悠然地斜瞥了瞥朱宣文，不解地說：「朱董事長，這話我聽不懂呀，我光明正大地住旅館，怎麼就成了藏在這裡了？我沒有躲避任何人。」

朱宣文沒料到這樣也說不動他，一時也對他的頑固不得不重新認識。

咚咚咚，響起幾下敲門聲。秦風悠然的表情一斂，警覺地看向門口。

「誰？」

「員警臨檢，查身份證。」

桃子皺了皺眉。這種小酒店，偶爾是會有員警臨檢，有時是查通緝犯，大多時候是掃黃，不過這個時間……她看看外面晨光漸明的天，又看看門口。

秦風小心地走去門鏡處觀察，見真是兩名穿制服的員警，猶豫一會兒，終於把門開了一條縫。緊接著「砰」的一聲，房門被大力推開，那兩名「員警」飛身而入，一人直接把秦風緊抵在牆上，手起匕首現，只是猛然見房內還立著一屋子人，剎那間愣了一愣。

也只這一愣的工夫，Dave飛身一腳踢在那人手上，「噹啷」一聲匕首落地，那人反應過來，下意識反抗，卻哪裡是Dave的對手，三兩下便被制伏。另一同伴見勢不妙，轉身欲撤，被桃子一水杯砸中膝蓋窩，直接倒在地上。秦風趁亂想逃，被Dave一個橫腿絆倒。倒在地上的「員警」已經跳起，開門想跑，桃子奔過去把門重重一關，剛好夾住那「員警」的手臂，對方頓時發出一聲淒厲的慘叫。桃子把他拉回來，和另一名「員警」一起用手銬銬了，朱宣文和Dave把浴巾做成繩子將兩人綁緊，關進廁所裡。

生死一線般的鏡頭，前後竟然也不到五分鐘。秦風悄悄爬起來，坐在地上，慢慢往門邊挪，剛挪出不遠，正撞上從廁所出來的朱宣文和Dave，忙擠出一個笑容：「呵呵，你們……這麼厲害呀？真是……厲害，厲害。」

Dave神氣地一昂腦袋。朱宣文淡淡地說：「我告訴過你，你不會一直都這麼幸運，下次再遇上這種事，你猜還會不會有人救你？」

秦風臉上陰晴不定。

桃子冷哼一聲說：「秦風，你心理素質好，我也不和你繞什麼圈子，我就問你一句話，你想坐牢，還是想死？」

叫人煎熬的沉默。秦風與桃子眼睛一眨不眨地對視，良久，秦風終於慢慢敗下陣來，低頭沉沉地嘆息。

6

「十五年前，心理診所在人們眼裡還屬於新鮮事物，我那時剛心理學本科畢業，雄心勃勃地開了全市第一家心理診所，準備大幹一番。」

秦風說著靠在椅背上，自嘲地笑了笑，像在諷刺那個年輕無畏的自己。

「當時全診所醫生護士加起來，就我一個人，不過我還是很有信心，相信大門一開就會患者盈門。誰知一個月過去，一個患者也沒有，後來總算有了幾個病人，收益也入不敷出，第三個月的時候我快堅持不住了，打算如果再沒有起色就關門不幹。不過就在第四個月，我遇見了朱力。」

秦風頓了頓，視線直直地盯著眼前的玻璃杯，像是透過那層玻璃，隱約能看到十五年前站在命運岔路口的自己和朱力。羅開懷感到一陣莫名的緊張，朱力和秦風結識於十五年前，這也正是朱宣文父親去世的那一年。她緊張地看向朱宣文，見他下巴緊繃，眼睛正一眨不眨地盯著秦風，她想握一握他的手，又見他神情專注，終究忍住了。

「我一看到他，就知道他是我等待已久的那種患者。他衣著光鮮，眼神裡卻滿是焦慮，那是一種長期經歷巨大精神壓力而特有的焦慮。慢慢地，透過交談，我才得知他原來是 TR 集團董事長的二少爺，這個身份讓我吃了一驚，可我很快又注意到，這身份並不能讓他感到驕傲，相反，卻正是他痛苦的根源。

「他母親是朱董事長的情婦，本以為生下兒子就能穩住地位，可朱董事長本就有一個長子，又疼愛有加，對他們母子並無足夠的關愛。他從小到大都一邊渴望著父愛，一邊敵視著父親，矛盾的心態使他的性格扭曲，這也是有他這類經歷的人的普遍心理。」

秦風停了停，喝了口水，接著說。

「大學畢業那一年，他母親向他父親求到了一個讓他進 TR 工作的機會，他原本不願意，可挨不住母親乞求，還是答應了。

「噩夢就從那時候開始。他大哥早他幾年進公司，又被明確當作接班人培養，當然處處都勝過他，可他偏又存了爭口氣的心，處處與大哥攀比，結果可想而知。他大哥越發眾星捧月，而他越發自怨自艾，覺得每個人都對他鄙夷嘲諷，嘲笑他是個不受待見的庶子。他自卑又自負，一邊在人前扮光鮮，一邊被憤怒、委屈折磨得形容枯槁，來到我這裡時，他已經快承受不住了。

「我原本想幫他做精神分析，疏導他的童年陰影，」秦風抬了抬頭，下意識地瞥了朱宣文一眼，「可是幾次治療之後，一件事情的發生，使我改變了主意，也把我和他的人生從此捆綁在了一起。」

朱宣文牙齒咬得緊緊的，幾乎是從齒縫裡說：「是不是他問你，怎樣神不知鬼不覺地殺死我父親？」

秦風臉上閃過一絲怪異的神色，看了他一眼，又迅速移開視線，良久搖頭說：「不是。」

那代表愧疚，羅開懷心中一緊，料想那定然不會是什麼好事。

「那時我的診所只交了半年租金，眼看租約就要到期，我又沒錢續約，只能要麼關門，要麼另想辦法。我想來想去，實在捨不得放棄診所，而朱力是我當時能看到的唯一希望，我猶豫又猶豫，最後決定試一試。」

房間靜得針落可聞，羅開懷隱隱有種可怕的預感，可又寧願自己想錯了。

「所以當朱力再一次來訪的時候，我告訴他，他的童年陰影只是誘發他心理問題的一個因素，而問題的根源，在於他有一個處處勝過他的大哥，只要大哥的問題解決了，其他的便都不再是問題。他聽了很苦惱，說這是無解的。我告訴他慢慢來，跟隨自己的心，只要用心，世界上沒有解決不了的問題。

「他聽進去了我的話，卻並沒往那方面想，還變得更焦慮了，所以我決定再幫他一把。我給他開了些舒緩焦慮的藥，都是些正常的藥，只是心臟病人吃了有誘發心衰的危險。開藥時，我特別叮囑他，如果感到心臟不舒服或是特別勞累，就千萬不要吃，因為容易誘發心衰，甚至過勞死。」說到此他又頓了頓，「我記得他說過，他大哥一直心臟不太好。」

「你在暗示他！」羅開懷脫口而出。

話音未落，朱宣文一把揪住秦風衣領，將他狠狠地從椅子上拉起來。「原來是你！原來我父親的死，罪魁禍首是你！你害人一命，就為了保住你那個小小的診所？！」

他把秦風拎出來，狠狠扔在地上。秦風脊背磕到桌角，痛苦得表情扭曲。朱宣文作勢又要打，秦風急忙抱住桃子的腿：「陶警官，他打人，打人！」

桃子嫌惡地踢開他：「他打你，你告訴我幹什麼？難道要我和他一起打？」

秦風剛爬起來一半，被朱宣文又一拳重重擊倒，鼻血立刻就流了出來。羅開懷怕朱宣文打壞了人，忙上去拉他，又示意桃子快阻止。桃子哼了一聲，說：「下手別太重了，別出人命就行。」

Dave一聽也來了精神，拎起秦風說：「那這事就交給我吧，少爺，保證下手精準不出人命，您就說您要幾級殘廢吧。」

秦風嚇得渾身虛軟，嘴唇抖得都說不出話來。

朱宣文被羅開懷拉著，情緒也終於恢復了些，他狠狠盯著秦風，從齒縫裡說：「先讓他把話說完。」

秦風如蒙大赦，小心翼翼地往遠離朱宣文的方向挪了挪，說：「沒錯，我是暗示了他，可是說到底，那也是他自己的決定。如果他不是會殺人的人，我就算拿把刀去逼他，他也不會做的呀。」

這話也有道理。四人同時沉默一會兒。

「說重點，」桃子問，「後來發生了什麼？」

「後來有一次，他又來找我，我一看他魂不守舍的樣子，就知道我的暗示成功了。我問他，最近在公司還順利嗎？他一聽就崩潰了，對我說他殺了人。他趁他大哥加班的時候，把一顆藥給了他大哥，謊稱是抗疲勞的保健品，他大哥不疑有他，竟然真的服用了，當晚猝死在辦公室裡。當時所有人都以為是心臟病誘發過勞死，沒人懷疑到他，但他還是怕得厲害。

「我當時也有點害怕，」秦風說著又小心地瞥一眼朱宣文，「生怕他東窗事發，把我牽連出來，就盡全力幫他疏導情緒。後來慢慢地，他終於擺脫了恐懼情緒，不過從那以後，我和他之間也有了一種特殊關係。」

「你的診所，也因此被保留下來了？」朱宣文恨恨地問。

「沒錯，我暗示他向我付了一筆錢，他也自此不再來找我。原本我們的關係應該到此為止，可是很久之後的某一天，他忍不住又來找我，說他的問題並未解決，他懷疑他父親察覺到了什麼。我也很害怕，為了自保，我把我們那次的談話做了錄音，在錄音裡，我引導他又說了一遍殺人經過，而使我自己的話聽起來就像個普通的心理醫生，在懷疑他只是臆想自己殺了人。」

桃子問：「那錄音還在嗎？」

「在，不只那一次，還有之後很多次。」

「很多次？」

「那之後，他身體裡的另一面好像被釋放了出來，他不再需要我的引導，只是偶爾承受不住的時候，到我這裡傾訴一番，有時也找我幫一點小忙。我慢慢成了這世界上了解他最多祕密的人，他防著我，又離不開我，我對他也是一樣。」

「小忙？」羅開懷對這個詞很在意，「利用你診所裡的醫生，以治病為名去殺人，也是小忙嗎？」

秦風看了看她，說：「對不起，我也是身不由己，這麼多年我和他之間的牽扯，早已由不得我對他說不。」

「什麼牽扯？不過都是藉口！說到底你還不是為了利益？」

這是羅開懷第一次對秦風斥責相向。這個曾被她視作師長的人，曾經在象牙塔裡告訴她，人性絕不可測，因為那是一個深淵，你絕不會想知道那深淵裡面究竟住著什麼。她一直對這句話似懂非懂，沒想到今天，他竟然以身教的方式讓她徹底懂得了這句話。

「你說的那些錄音，現在在哪裡？」桃子問。

秦風走到衣櫥邊拿出一個箱子，打開，取出一個小箱。

「所有的錄音、筆記和其他證據都在這裡了，我為防萬一隨身帶著，」他遞給桃子，唇邊露出一絲自嘲，「沒想到，這麼快就用上了。」

7

抓捕行動卻直到傍晚才被批准。TR集團是市裡的重要企業，朱力又是TR集團的重要人物，所以任憑桃子急得跳腳，上級們還是把報上去的證據層層確認，又層層審批，直到確認證據確鑿、萬無一失，才終於把逮捕證批下來。

手機定位顯示朱力此刻就在TR大廈裡，桃子覺得消息很可能已經走漏，這可能是朱力的聲東擊西之計。可暫時又確實沒在別處發現他的蹤跡，所以就算撞運氣，也要來上這一趟。

抓捕小組趕到時，已是華燈初上，TR大廈今夜無人加班，值班保全驚恐地面對一隊刑警，知道自己無力拒絕可又不敢放行，正淩亂糾結間，看到朱宣文現身。

「讓他們上去，你守住這裡就好。」

保全如獲聖旨，忙閃身讓路。抓捕小組兵分兩路，一路搭電梯，一路走樓梯，悄無聲息間向目標房間靠近。

門虛掩著，一線光亮透出來，桃子帶隊悄悄摸至門邊，稍停片刻，「砰」地撞開了門。

畫架前的背影僵了一僵，又繼續畫起來。那是一片星空下的白樺林，墨色星空璀璨，白樺棵棵挺拔，延向遠方。

朱力又添了幾筆，終究是沒有畫完，戀戀不捨地轉過身來。他看看朱宣文，又看看一眾刑警，線條硬朗的臉上平靜無波，竟然似比往日還柔和幾分。

「看看，我這幅畫怎麼樣？」他笑著說。

畫是不錯，可桃子不知他存著什麼心思，警惕地說：「朱力，你知道我們今天來，不是為了看你的畫。」

朱力彷彿沒聽見她的話，轉頭看向窗外。「你們看，這城市裡的夜色多麼華麗，卻不知這華光淹沒了星空，而星空，才是夜晚真正迷人的所在。」

他的語調不似平時那般冷硬，而是有種詩人般的悠遠，和著此刻他身上不一樣的氣息，莫名其妙地帶了幾分感染力。眾人隨著他的視線看向窗外，又不約而同地看向畫中的星空。

「你們看，這夜色像不像許多人的心？拚命努力地發光，卻早就忘了自己真正的光芒在哪裡。」

桃子愣怔片刻，還是亮出逮捕證。「朱力，你涉嫌綁架、故意殺人、勾結黑社會，這是你的逮捕令，你看清楚。」

朱力瞥了一眼那張紙，臉上浮現一絲譏諷的笑容，彷彿要被逮捕的人並不是他。

「你們知道嗎？我曾經想當一名畫家，用手中這枝筆，去畫星空、海洋、原野、蒼山，畫這世間一切有生命力的東西。你們知道什麼才是最有生命力的嗎？就是這畫家的筆、雕塑家的刀、詩人的文字，噢，對了，還有音樂家的音符，這幾樣東西裡面，凝聚著我們生活的意義，還有全人類的靈魂！」

朱力邊說邊激昂地揮動畫筆，似乎有點陷入癲狂狀態，幾名警員警惕地慢慢靠近。

「我年輕的時候，曾經被一所美術學院錄取，你們知道是哪一所嗎？佛羅倫斯美術學院！」他擲地有聲地說出這幾個字，卻並沒有在眾人臉上看到他期待中的驚訝或崇拜，有些懊惱地哼了哼，「那是世界頂尖的美術學院，沒有一點天賦，是絕對進不去的，如果我當年選擇了去就讀，現在絕對是響噹噹的畫家。」

桃子冷哼著說：「可你現在正等著被逮捕，接下來，還有不知多長時間的刑期。」

朱力身體一顫，像正興奮時被狠狠澆了盆冷水。他陰冷地斜睨向桃子，眼裡又露出平日的狠戾：「所以，你們知道我為今天付出了多少嗎！我努力、卑微、逢迎，我甚至放下對他的怨恨，千方百計地討好他，可這些全都沒用，在他眼裡，我無論怎樣，都不及他婚生子的一隻手指頭。可是我能怎麼辦？那怪我嗎？是他造的孽，他生了我，他憑什麼不愛我？憑什麼？憑什麼？！」

他越說越激動，發狂一樣揮舞著畫筆，一甩手筆身打在畫布上，一團油彩污濁了夜空。他露出心疼的表情，旋即卻更加憤怒了，索性蘸了油彩，恨恨地毀掉他曾珍惜的夜空。

「每個人都當我是小丑，每個人都當我是小丑！他們誰知道我付出了多少？誰知道我為了走到今天這一步，我放棄了什麼？！」

幾個特警一擁而上，將癲狂狀態的朱力扭住，畫筆啪嗒落地。

「就因為這樣，所以你就殺了我父親？」朱宣文沉沉的嗓音裡掩不住激動，「然後呢？你就得償所願了？這十幾年來，你沒做過噩夢嗎？」

朱力被警員按著，身體掙扎不動，情緒也漸漸被壓制下來。他側臉貼在畫布上，臉上蹭了一抹棕黑的油彩，狼狽中透著猙獰。他的嘴唇裂開一條縫，靜夜裡傳出駭人的低笑，那笑聲越來越大，像要衝破天際，笑出這一輩子的荒唐與不值，緊接著，卻又戛然而止。

「當年秦風對我說，我痛苦的根源在於有一位大哥，我信了。可是直到今天，就是今天，我才明白我這輩子最大的錯，就在於把精力都放在了別人身上，唯獨沒有關心過我自己。」

桃子哼笑：「這麼說，你很偉大了？」

朱力搖了搖頭，像是在說「你不懂」。「我可憐母親，嫉妒大哥，討好父親，可是唯獨輪到我自己，我是那麼熱愛一件事，卻又那麼狠心地親手把這夢想掐滅了。其實每個人都是這樣，也包括你們，因為愛或者恨，把大把的時間花在別人身上，只有對自己，從頭到尾都很吝嗇。」

他向後挺了挺身子，重新用目光「愛撫」面目全非的畫作。「你們知道嗎？這麼多年來，今天是我第一次安靜地畫一幅畫，畫的時候我忽然在想，大哥的榮耀、父親的重視，還有這 TR 帝國，這些和我原本有什麼關係?如果早在進入TR那一年,我做了不一樣的選擇,人生會不會精彩得多?」

一時無人回答,辦公室陷入安靜,桃子拿出手銬走過去。朱力順從地伸出雙手:「小姑娘,你知道人生最可悲的事是什麼嗎?」

桃子銬上手銬,看了看他說:「我見過很多犯罪分子,他們各有各的可悲。」

朱力嘆了嘆:「最可悲的事就是,當你老了,回想你這一生,想起某件事如果你當初再勇敢一點,做了另外一個選擇,那麼你的人生會不會不一樣?可那個時候,你卻再也沒有機會重新選擇,你的人生,再也不能重來。」

桃子眼中終於現出一絲憐憫。兩個警員押著他向外走,他也並不掙扎,只是行至朱宣文身邊時,稍稍頓了頓。

「宣文,對不起。」

朱宣文別過臉去。

「其實我很羨慕你的性格,」他自顧自說,「你率性、勇敢、驕傲,哪怕是這萬眾矚目的商業帝國,這些財富、權力,你通通不放在眼裡。我挖空心思想要得到的,卻是你根本不屑一顧的。」他說著十分失落地嘆了嘆,又說:「時尚產業最需要的正是你這種精神,你的確比我更適合領導TR,當初你爺爺選你做繼承人,是對的。」

朱宣文轉頭冷冷地看他,脣邊浮起譏諷:「是嗎?如果不是今天你東窗事發,你還會這麼想?」

朱力沉思片刻，轉身環視這個辦公室，良久，眼中神色叫人捉摸不透。「這個屋子囚禁了我半生，如今解脫，也未嘗不是件好事，」說著又自嘲般挑起唇角，「不過馬上又要進下一個牢籠了。算命的說我上輩子貪欲太重，這輩子要與世無爭，否則難逃天劫，我不信，如今看來，這世間萬事玄妙，對不懂的東西，還是應長存敬畏之心。」

桃子和一眾刑警帶走了朱力，朱宣文看著他遠去的背影消失在黑暗中，眼中浮上複雜神色。

8

警車遠去，TR大廈重歸安靜，挺拔樓身聳立在夜色中，看上去與十分鐘前並沒有什麼不同。

一線燈光從門縫裡透出，在黑暗的樓層裡拉出一道狹長的光亮，羅開懷走到門邊站了一會兒，敲敲門，推門進去。他聽見她腳步聲轉身，愣了片刻，旋即淡淡地笑了。

「很順利，他幾乎沒做什麼反抗。」

「我知道。」她沒有資格參加今天的抓捕行動，可十分鐘前還是在外面把一切看了個清清楚楚，朱力衣著整齊，髮絲未亂，顯然是束手就擒，「可你看起來，好像不怎麼開心。」

「也不是不開心，」他嘆了嘆，轉頭看向窗外，「只是腦子很亂，想起以前很多很多事情。」

她動了動唇，卻終究沒有問，只是伸出手，悄悄握住他的手。「都過去了，明天又是新的一天。」

他反握住她的手，側頭看了她一會兒，眼中升起一抹濃濃的期待。

「我永遠都不會原諒朱力，」他說，「可是有句話，我覺得他說得對。」

「哦？是什麼？」

「他說，最可悲的事就是，當你老了，回想你這一生，想起某件事如果你當初再勇敢一點，做了另外一個選擇，那麼你的人生會不會不一樣？可那個時候，你卻再也沒有機會重新選擇，你的人生，再也不能重來。」

她嘆了嘆，若有所思地沉默。

「所以，羅開懷，今天我有句話必須對你說。」他神色極其嚴肅，嚇得她本能地就把心提到喉嚨口。

「什、什麼？你說。」

他微微有些喘，目光炯炯地注視著她：「嫁給我，好嗎？」

「……」她有種跟不上他思路的感覺，「你說什麼？」

「我是認真的。」

毫無預兆地，彷彿有種排山倒海似的情緒自心底升騰。她看著燈光下他寬額頭、高鼻樑、輪廓英挺又不失柔和的臉，心想這個人，他是出現在我夢裡的人，也可能是我上輩子就愛過的人，而此刻他在向我求婚。人與人，真的會有累世的緣分嗎？

「你不用現在就回答，」他見她久久不答，有些緊張地說，「只是答應我，一定要好好想清楚，想清楚如果有一天你老了，回想起今天這個決定，會不會追悔莫及，會不會怪自己當初沒有勇敢一點。」

一顆淚珠從她臉頰滑落，行至唇邊，被彎起的唇角撞破。

「好吧，我原本想要答應的，聽你這麼一說，那我就再考慮考慮。」

他呆愣了片刻，緊接著嘴巴大張：「啊，那個，倒也不是那麼絕對……」

「不，還是你說得對，要想清楚，不然萬一以後追悔莫及……」她說著，突然轉過身去背對著他。

「不會的，你放心，我保證你嫁給我，這輩子一分鐘都不會後悔。」他邊說邊繞了半邊過去，卻又忽然一愣，看到她使勁憋住不笑出聲的樣子，反應片刻，終於明白過來，「你戲弄我。」

她笑著趕忙跑開，他不費吹灰之力就把她抓回來，抬手扳起她的下巴，一臉「看我怎麼收拾你」的表情。

「說，嫁給我，答不答應？」

「來人哪，」她咯咯笑著說，「強搶民女了。」

「這江山萬民都是朕的，朕便搶了你又如何？」

兩人的笑聲混作一團，盈滿整個房間，許久終於慢慢安靜下來，明亮的燈靜靜的，映出一對親密的影子。

9

「……那真是外有叛軍，內有刺客，建文帝自知身臨絕境，早已存了自焚殉國的決心，誰知正要點火，就聽『吱嘎』一聲，宮門被推開，一個小宮人捧著個鐵盒踉蹌著奔了進來。」

說書人說得口渴，停下來喝一口水。近旁一個男子隨口接道：「那鐵盒裡是朱元璋留下的錦囊吧？還有一套袈裟，讓他扮和尚逃跑？」

說書人喝夠了水，將茶碗置於桌上，一臉「你懂什麼？」的表情。

「非也！那宮人捧著鐵盒奔至建文帝駕前，撲通跪倒，說時遲，那時快，就聽噹——啷啷啷啷啷……」一串擬聲詞極富感染力，引得眾人屏息相向，說書人橫掃一眼眾人，滿意地抿起嘴角，「鐵盒掉落在地，盒蓋被摔開，從裡面滾出一個錦囊，一套袈裟……」

「哈哈哈哈哈！」茶館裡哄堂大笑，說書人自己矜持片刻，不由得也跟著笑起來。

羅開懷好不容易收住了笑，拿起茶壺替對面的朱宣文添茶。這趟古鎮之行，是為了慶祝她通過了精神病院的試用期，桃子和 Dave 本來雙雙贊成去海島，可她偏偏就想選這個古鎮，沒想到到來的第一天，就在茶樓裡聽到這段故事，不覺有種宿命般的奇妙感。

「這段歷史無據可查，最容易被發揮創造了。」她說，接著又想了想，「不過你說，如果當年建文帝的皇位沒有被他皇叔奪走，後來的明朝會不會不一樣？據說後來永樂帝派鄭和七下西洋，雖然名聲撈了不少，不過很勞民傷財呢。我想如果是建文帝當政，一定不會那麼做。」

朱宣文想了想，拿起眼前的粗瓷茶杯端詳一會兒，說：「歷史就像這個杯子，有時一個杯子做出來，人們會忍不住想，如果拉坯的時候再小心一點，火候再精準一點，做出來的杯子會不會更好看？但其實做出來了就是做出來了，沒有重來一次的可能。」

羅開懷思索片刻，意味深長地笑問：「是嗎？真的沒有可能嗎？」

朱宣文會意莞爾，舉茶杯相邀。兩杯相撞，發出清脆的一聲「叮」。

「你再說，你再說一遍試試！」窗邊突然傳來氣急敗壞的叫喊。那聲音太有特色，以至說書人都不由得頓了頓，茶客們更是齊齊看過去。

只見 Dave 氣得雙頰粉紅，正站在窗邊，一手叉腰，一手指著桃子的鼻子。

桃子哪裡是示弱的性格，被這一指一看，當下也來了脾氣：「說就說，你就是娘娘腔，娘娘腔！」

「你，你再說！你再說！」

「娘娘腔，娘娘腔，娘娘腔……」

「你……你！」

Dave 氣得手指發抖，突然咬起嘴唇，轉頭看向窗外。羅開懷心裡一驚，暗想，他不會是想把桃子從窗戶扔出去吧？這裡雖然是二樓，扔出去也夠摔得很慘的，關鍵桃子不是他的對手……

正想著，就見 Dave 嘴角一癟，一步撲到窗邊，帶著哭腔說：「你再說，我就從這裡跳下去！」

滿室茶客一驚，羅開懷也十分詫異，不過轉念一想，又覺得以他的身手其實跳下去也沒什麼，又一想，自己怎麼可以這樣不厚道？正想起身去安慰，就聽鄰桌茶客起哄道：「那你倒是跳啊，我看你就是娘娘腔，跳啊，跳啊！」

還有幾人跟著笑，Dave 氣得渾身發抖，趴在窗框上竟然真的要跳。桃子反倒不笑了，上前一把將他拉下來：「別聽他們瞎說，你不是娘娘腔。」

Dave 用力抽回手臂：「可你不也這麼說？」

「我那是開玩笑呢，你一點也不娘娘腔，你很有男子氣概的。」

那幾個茶客也覺得自己言語欠妥，訕訕地低頭喝茶。

誰知 Dave 卻更傷心，眼淚「唰」地就流了下來。「你不用安慰我，我知道我就是娘娘腔，嗚嗚嗚嗚……可這也不能怪我呀，我一生下來就是這個樣子，嗚嗚嗚嗚……」

桃子有點手足無措，匪徒她是抓過不少，可是安慰痛哭的男人，這還是頭一回。她扯了幾張紙巾遞上去，搜腸刮肚地想半天，也只想出一句話：「那個，你別哭，別哭啊。」

「你們要笑就笑好了，」Dave 接過紙巾，抽抽搭搭地說，「反正我是改不了，我爸媽為了讓我改這毛病，在我很小的時候就送我上山學功夫，結果學到現在，功夫是練了一身，可是我，我還是娘娘腔，嗚嗚嗚，嗚嗚嗚……」說著又哭起來。

桃子徹底沒轍了，抬了抬手，試探著把他摟在懷裡。Dave 也不客氣，就著她的衣襟和紙巾，眼淚混著鼻涕流。

朱宣文走過來，拍拍他肩膀：「你知道嗎，判斷一個男人到底夠不夠男人，並不看他是不是娘娘腔。」

Dave 揩了一把鼻涕，疑惑地仰頭，問：「那看什麼？」

「看他是不是有一顆勇敢的心，敢於不在意任何人的眼光，勇敢做自己。」

「勇敢做自己？」

「是啊。你呢，是有一點娘娘腔，可這也是你的一部分，我們都很喜歡你這個樣子。Dave，你永遠都是我們獨一無二的 Dave。」

Dave 點頭思索一會兒，似乎是想明白一點，擦乾眼淚重重地點一點頭，片刻，又抬頭目光炯炯地說：「皇上，您也永遠都是我們獨一無二的皇上。」

「……」

朱宣文一愣，羅開懷在一旁反應過來，笑著轉身對眾人說：「今日陛下出宮巡遊，各位的茶資都由陛下承擔，以顯皇恩浩蕩！」

眾人一時不明所以，說書人第一個反應過來：「此話當真？」

朱宣文笑著答應：「當然，朕金口玉言，豈能有假？」

「小二，那個特級龍井給我來一壺——哦，對了，謝皇上！」

眾人亦哄笑起來。

「謝皇上！」

「皇上萬歲！」

番外篇　約定

「臣妾七日後等著皇上，萬望皇上切勿失約。」

1

奉天殿今日越發空曠，昨天還是很多人的朝堂，今天又少了一半。

冷風時時從殿外吹進來，朝臣們一個個瑟瑟發抖，也不知是寒冷，還是憂心。

自從半月前燕王叛軍逼抵鎮江府，京城上下便陷入了深深的恐慌之中。鎮江距京城咫尺之遙，如果鎮江失守，便意味著叛軍可長驅直入殺進京城。

十日前，朝廷急派大將羅錚率最後二十萬大軍前往迎敵，此前羅將軍日日均有軍情回報，兩天前卻突然斷了消息。

年輕的建文帝默默俯視朝堂，良久未發一言。

或許這便是消息吧。

殿外突然傳來喊聲。

「陛下！陛下！」

御前總管戴公公一邊喊著，一邊自殿外急急奔來，進殿時還被門檻絆了一下，連滾帶爬地進殿跪倒，急喘著說：「陛下，宮門外來了個兵士，說是羅將軍麾下的，特來向皇上報告軍情，奴才看他不像是假的，不敢耽擱，特來稟報。」

宦官擾朝堂本是禮法不容，然而此刻情形特殊，也無人怪他。建文帝眸光一亮，急問：「他人到何處了？快宣！」

一個渾身泥血的兵士被兩個侍衛架著走進殿來，待侍衛一鬆手便軟倒在地，渾身戰慄，連面聖之禮都忘了行。

建文帝盯著他問：「你是羅將軍營中兵士？」

「回……回皇上，」那兵士頭也不敢抬，「奴才是羅將軍營中看守糧草的末等兵。」

「既要看守糧草，為何獨自回來？前方軍情如何了？」

一聽「軍情」兩字，兵士抖得更加厲害，戴公公從旁催促，他這才顫聲說：「羅將軍抵達鎮江府後，起初戰事還算順利，可就在前天夜裡，鎮江府守軍投降了燕王，還勾結燕王給羅將軍設下埋伏，羅將軍誓死不降，如今已經全軍覆沒了。」

「全軍覆沒」四個字說得極低極輕，然而大殿上鴉雀無聲，這極輕的四個字還是真真切切地傳進了每個人的耳中。窒息一般的恐懼在殿內彌漫開，大臣們紛紛以目光相探，沒有一個敢出聲，幾個老臣跪不住，頹然軟倒在地上。

建文帝石刻一般沉默著，過了好一會兒，終於定了定神色，又問：「既是全軍覆沒，你如何逃了出來？」

「回皇上，前日傍晚，奴才和長官到鎮江府臨時增調糧草，不料糧草沒調到，半路還遭遇了小股敵軍，奴才拚死衝出重圍返回大營，誰知遠遠地就見營地火光沖天，原來是營地也遭了襲擊，奴才一時畏懼，只遠遠看著大軍……廝殺到天亮。」兵士說得已泣不成聲，整個身體伏在地上劇烈抖動著，像一株戰場上隨風瑟縮的荒草。

建文帝盯了那兵士一會兒，又問：「若真如你所言，你便是逃兵，你既戰場上怕死，如何又敢回來？」逃兵當誅，這是歷代的鐵律。

誰知一直發抖的兵士聽到這一問，反倒不那麼抖了，只是哭得更厲害。

「回皇上，奴才的確是逃兵，奴才愧對羅將軍，愧對皇上，那夜奴才一時膽小，沒敢回到大營，之後時時都在後悔。羅將軍平日待將士們十分親厚，今日奴才斗膽闖宮面聖，不求活路，只為向皇上稟報羅將軍如何盡忠！」

嗚嗚咽咽的哭聲回蕩在大殿上，悲戚綿長，有的大臣被感染，不由得也抬襟拭淚。過了很久，那高高的位置上響起一聲幽幽的嘆息。

「你叫什麼名字？」

兵士反應了一會兒，這才明白皇上是在問自己，慌忙答道：「奴才姓梅，賤名梅小六。」

「戴公公，準備些賞賜給梅小六。梅小六，你拿了賞賜快快離宮，切勿對人講你出自羅將軍營中，以後找個安穩地方，好好生活吧。」建文帝說完，眼中忽然閃過一絲譏諷的笑意：似乎只有打完這場仗，百姓才能安穩呢。

戴公公急忙遵旨，梅小六不敢相信地抬起頭來，進殿後第一次有勇氣抬頭，望向龍椅上那位元光華灼目的年輕帝王。

玉琢般的面容，朗月似的眸光，所謂天人與謫仙，是否就是這個樣子？梅小六心中忽然升起複雜的鈍痛，鼻尖驟酸，喉嚨裡低低地滾出幾個字：「謝皇上，皇上……萬歲。」

建文帝慢慢自龍椅上站起，俯視一殿大臣良久，驟然收回目光，轉身沉聲道：「今日早朝至此，散朝吧。」

皇上說的是「散朝」，而不是「退朝」，一字之差意境大不同。政權更迭，古來常見，朝臣們個個心如明鏡，一時「吾皇萬歲」之聲響徹大殿，只是聲音裡分明比平日多了哽咽。當今聖上宅心仁厚，平心而論，誰也不希望朝廷換天。

2

天陰沉著，散了早朝也不見一縷陽光。

纖長的身影遠看有些疲憊，身後的奉天殿雄渾壯闊，殿簷高高挑入雲霄，越發襯得那身影疲憊孤寂。戴公公鼻子一酸，快步追了過去，無聲打發了皇帝身邊的小宦官，自己悄悄跟隨在旁。

「戴公公，你跟在朕身邊，有六七年了吧？」走了一會兒，建文帝忽然問。

戴公公一驚，方又感嘆皇上何等人物，豈能察覺不到自己這點小動作？

「回皇上，六年又七個月了。」戴公公笑呵呵地說，「想當初奴才只是尚衣監[4]一個小小雜役，那天被人欺負得本以為活不下去了，誰知幸得陛下經過，還救下了奴才，真是禍兮福所倚。」

建文帝苦笑道：「可如今朕江山不保，你這個御前總管只怕也要有苦頭吃了，這是福兮禍所伏吧。」

「皇上！」戴公公哽咽一聲，「咚」地跪倒在石磚地上，「奴才這一世能跟著皇上，就是最大的福！皇上是太祖皇帝欽定的皇太孫，是大明堂堂正正的皇帝，您的江山帝位誰也奪不去！」

一聲驚雷自天邊滾過，頭頂烏雲翻捲，天陰得更沉了。建文帝抬頭望望天，淡然嘆息，叫戴公公起來。

「皇上明鑒，奴才所言句句真心。」戴公公起身說，「依奴才看，那梅小六的話也並不可信，倘若真如他所言，燕王前日就拿下了鎮江府，以燕王的性子，怎可能今日還未進京？」

建文帝動了動唇角，並未說什麼，只是抬步朝後宮方向走去。沒錯，以他的性子，自然恨不得立刻飛進皇城，坐上那寶座，只是為了在那寶座上坐得更久、更安心，他不得不耐著性子再忍些時日罷了。他謀略過人，膽氣滔天，手段狠辣，又有此等耐性，平心而論，倒也配得上那個位置。年輕的建

4 尚衣監：明朝宦官署名。

文帝眼中閃過微光，脣邊浮起一絲幾不可見的冷笑。

戴公公見皇帝許久不語，以為在怪罪自己妄論朝政，心中一陣後悔，又瞧了瞧皇帝所行的方向，轉開話頭道：「皇上這是要去永甯宮嗎？」

聽到「永甯宮」三個字，建文帝步子反倒一滯，良久嘆道：「朕此刻最想去的地方就是那裡，可是最怕見到的人，也是她。」

戴公公聞言也是一愣，想要勸慰些什麼，卻沒想到說辭。羅將軍出征，滿朝君臣自然都盼著王師凱旋，可要說最盼望羅將軍平安歸來的，一定還是永甯宮的羅妃。這對兄妹感情甚篤，每次羅將軍出征，羅妃都要在永甯宮內設香爐日日祈禱，只怕現在也正在祈禱呢。要是別人也就罷了，偏偏是羅妃，是皇上最捨不得讓其傷心的人。戴公公心中難過，終究還是沒想出說辭。

「當年皇爺爺封朕為皇太孫的時候，對朕說過這樣的話，」建文帝幽幽地說，「他說把皇位傳給朕，別人都以為是給了朕天大的恩賞，其實，他只是給了朕天大的責任，待朕登基以後，這全天下的重擔都要壓在朕一個人的肩上了。那時朕年紀小，聽不懂，就問：要是太重了，我擔不住呢？你猜皇爺爺怎麼說？」

戴公公忙擺手：「太祖皇帝的教誨，奴才可猜不出。」

建文帝淡淡一笑，說：「擔不住，也得擔。」

又一陣悶雷滾過天邊，戴公公一下覺得心裡悶悶的，就像這密不透光的天，他思忖之下勸道：

「皇上，要下雨了，還是先回宮歇歇吧。」

建文帝收回目光，輕搖了搖頭：「走吧，去永甯宮。」

3

香爐裡燃著三炷香，嫋嫋青煙默默飄升，像是仙人的化身，無聲俯視著人間喜悲。戴公公打發了前來上茶的侍女，自己也悄悄退到外間等候。

羅妃皓腕輕抬，拿起侍女放下的茶壺為建文帝斟茶。

「今晨在朝上，得知羅將軍前日與燕王激戰，」建文帝在屋中圓桌邊坐下，頓了頓，凝視著她問，「你想知道戰況如何嗎？」

茶斟得過滿了，羅妃急忙放下茶壺，一點茶水溢出來，沿著杯壁流到桌面上，像一滴滾落的淚珠。

羅妃笑道：「臣妾只恨自己不是男兒身，不能像兄長那樣浴血沙場，為皇上盡忠。」

建文帝長眉微顫，許久後收起凝視她的目光，輕輕抬臂，執住了她放在壺蓋上的手。

「對不起，朕不是一個好皇帝。」

「皇上仁心厚德，是臣妾所知最好的皇帝。」

「仁心厚德，」建文帝自嘲地笑了一聲，「若不是因為這顆仁心，當初逮到那名宮女的時候，朕便早該聽你的勸言，下旨拿了他。」

那是四年前，先皇朱元璋剛剛薨逝，建文帝繼位只有數月之久，羅妃也還是等級不高的羅美人，半年也見不到皇帝一次。也幸而是見不到皇帝，羅美人便有足夠的空閒練習自幼練慣了的拳腳，居所院子窄小，有時她趁前後沒人，也會在宮道上偷偷伸展兩下。

有一次她又在宮道上練淩空踢腿，練得入了迷，連一個宮女經過也沒看到，結果一腳踢翻了宮女手中的托盤，茶壺摔翻在地，那茶壺的樣式是專供皇上用的，羅美人當時一驚，心裡怕得厲害，誰知宮女比她更怕，扔下托盤就跑。她覺得那宮女反應異常，再一看流出的茶水，分明是下過毒的樣子，她明白過來，立即飛跑幾步抓住了那宮女。

羅美人因抓獲宮女有功，事後獲得建文帝注意，並因此由羅美人變成了羅妃。事後查明，那宮女是燕王安插在建文帝身邊的人，大逆之罪原無可恕，可建文帝感念先皇薨逝不久，燕王又是先皇十分重視的兒子，此時除去燕王有違人倫，便最終沒有聲張這件事。

「皇上為撫慰先皇在天之靈，連燕王大逆之罪都可饒恕，古來仁君如皇上者，極所罕有。」

「仁君做不長，自然罕有。」建文帝臉上浮起慘然笑意，「如今朕的皇位，不是也坐不安穩了嗎？」

窗外的雨終於下了起來，打在院中花草上，發出淒冷的沙沙聲。建文帝起身走到窗邊，孑然而立，修竹般的側影現出與年紀不符的蒼涼。羅妃一陣酸楚，肅然整了整衣裙，走到皇上身邊行大禮跪下。

「皇上，縱使燕王勢不可當，您也是大明唯一的皇帝，事到如今，皇上手中還有一步棋可走。」

「哦？」

「便是絕不讓出皇位。燕王此番以『清君側』之名出師，既要名分，又要名聲，想必此次攻下鎮江也不會立即進京，而是想等著皇上主動退位，給他一個名正言順的皇位。只要皇上不退位，燕王就算殺進京城，殺進宮來，也終究不過是弒君篡位的亂臣賊子。

「燕王兵臨之日，臣妾願與皇上一道殉國於宮城之上，讓燕王弒君篡位的嘴臉大白於天下！」

羅妃仰臉直視著建文帝，清麗的臉龐線條緊繃，眼中像有兩團烈烈燃燒的小火苗。建文帝忽然感到胸中熾熱，他閉了閉眼，再睜開，面色又已平靜如常。

「愛妃不愧出身武將世家，義膽豪情絲毫不輸男兒。」他微微笑著將她扶起，良久柔聲說，「愛妃的心意朕感懷之至，不過臣子謀反，歷代皆不罕見，朕從登上皇位那一天起，就已做好了這個準備。」

「皇上的意思是……？」

「昨日，朕請宮中的淨空大師替朕解了個籤，大師送給朕一句話：一念放下，萬般自在。」

羅妃不解地看向建文帝。

「世間萬物，皆不過是紅塵俗物，執迷過甚終將陷入瘋魔，燕王為皇權瘋魔，我們卻可不必。如今之勢，以身殉國爭一個名分上的輸贏，或是你我遁世做一對自在佳偶，愛妃以為哪樣更好？」

羅妃有些不敢相信地看著建文帝，此前一刻，她從未想過他們還有這樣一個選擇。又或者說，其實是幻想了很多年，卻從沒奢望過實現。

他不是皇帝，自己也不是妃子，他身邊亦沒有那些皇后、妃嬪、美人、才人……曾以為這些都只能是心中隱秘的妄想，可在這大難將臨之時，曾經的妄想竟然可以成真了嗎？

羅妃仍有些不可思議地看著建文帝。

「皇上此言，可當真？」

「只要你願意，便當真。」

「臣妾當然願意！」羅妃眼中有星光閃動，只是一瞬後又有些猶豫：「就算皇上讓出皇權，燕王會放過我們嗎？」

建文帝臉上慢慢盛了笑意。「你放心，朕已經想好了萬全之策。戴公公！」

「奴才在。」戴公公推門而進。

「朕命你準備的東西，可都備好了？」

戴公公在門外已聽到帝妃對話，此時一副了然神情，淒然應道：「回皇上，都準備好了。」

「即刻服侍羅妃換好衣服，從原定路徑出宮。」

羅妃驚訝道：「皇上早就做了準備？」

「一直希望不會用上，沒想到還是用上了。」建文帝苦笑道，「愛妃且與戴公公先行一步，宮中已多有燕王耳目，你我同行勢必惹眼，七日後朕必在宮外與愛妃相會。」

皇上言之鑿鑿，羅妃當下不疑有他，依依惜別後正欲與戴公公離去，忽又被建文帝叫住。

「愛妃！」

伊人回眸，美鬢朱顏。建文帝眼中閃過一絲稍縱即逝的不捨，定神對外間吩咐道：「把東西拿進來。」

一個侍女進來，手中捧著一方玲瓏木匣，建文帝接過木匣親自打開，取出一枚玉簪。「下月初三是愛妃的生辰，可惜今年已不能如往年般慶賀，暫且送愛妃這枚點朱桃花簪，權作今年的生辰賀禮。」

簪子通體潔白細膩，簪頭一朵玲瓏桃花，花芯處天然一點紅，選料與雕工都是極上乘。羅妃將簪子握於掌心，只覺心中既酸澀又喜悅，點點星光在眼中閃爍。

「臣妾七日後等著皇上，萬望皇上切勿失約。」

4

大雨一下竟七日未停，煙雨濛濛中，一輛馬車飛奔在回京的官道上，馬蹄踏得水花飛濺，舉目已可見城門，守城士兵身形魁梧，遠遠看著有北方蒙人氣象。

車夫微微收了收轠繩，壓低斗笠轉身問車內：「娘娘……夫人，一路上聽說守軍開門降敵，如今看來恐怕是真，京城諸門怕是都已落入了燕王手中。」

車內凝滯了一會兒，接著傳出清冽的聲音：「果真如此，我們更要回去。」

車夫急道：「可夫人如果落入燕王手中，將來又如何與主人相見？奴才受重託照顧夫人，恕不能送夫人去冒險。」

「戴公公，你當真相信皇上會來與我相見嗎？」羅妃一手掀開車簾，冷冷地問道，「你是皇上的心腹，又親自送我出宮，你坦誠告訴我，皇上此次給你的命令到底是什麼？」

戴公公被問得語滯，一時只「這這」地吞吞吐吐著。羅妃自頭上拔下玉簪，淒然笑道：「你不說我也知道，只怪我那時被喜悅沖昏了頭，竟然真的信了他的話，他若有意與我相見，又怎會將下月賀禮提前送出？」

戴公公默然低了頭，被雨水打濕的斗笠下看不清面容。

「我知道你對皇上忠貞不貳，皇上命你保我平安，你便定不會讓我涉險。」羅妃說著突然聲音一凜，「可是現在，你送我回去才是保我平安！」

戴公公猛然抬頭，赫然見羅妃竟以簪尖直抵頸項。「娘娘不要！」戴公公失聲驚叫，卻見那玉簪的尖頭按得更緊，他急忙定了定神，猶豫片刻，眼中閃過決然的光芒，「娘娘對皇上忠貞之心，奴才明白了，既然娘娘心意已決，奴才唯有從命。」說完一揮馬鞭，一車一馬須臾間便到了城門下。

馬車外表毫不引人注意，只是這些天京城局勢不穩，百姓出多進少，此時進京還是稍稍引起了守城士兵的注意。一個士兵繞著馬車轉了又轉，又對戴公公仔細盤問，問來問去見無破綻，正要放行，忽然一個身穿精緻軟甲的武將示意等等，緊接著朝這邊健步走來。

戴公公急忙壓了壓斗笠，餘光瞥見那人正是傳聞中的叛將李景隆。此人之前已因連續的敗仗被削去官職，此時卻在看守如此重要的城門。腳步越來越近，戴公公心念電閃，猛一揮馬鞭，馬嘶鳴一聲，帶車疾馳而走。

身後立即傳來追喊聲。戴公公奮力揚鞭，然而大內總管終究不是熟練的車夫，馬帶著車也敵不過戰馬飛奔，兩條街後，一車一馬終於被包圍在巷口。

李景隆飛身下馬，拱手笑道：「原來是戴總管，方才本將沒看清楚，多有得罪。」

戴公公的斗笠疾馳中掉落了，此刻沐在雨中，無法隱瞞，也無須隱瞞，他高聲罵道：「李景隆，你李家一門忠將，你卻投降了燕賊，不怕辱沒先人名聲嗎？」

李景隆不以為忤，反哈哈笑道：「戴總管說的哪裡話？本將這幾日全力搜尋戴總管與羅妃娘娘，正是為了報謝天恩，以救皇上一命。」說著瞥向馬車廂內：「想必裡面正是羅妃娘娘了？」

戴公公正要說話，車簾忽地自內裡掀開。羅妃清麗的面容迎上濛濛雨絲：「李景隆，你說清楚，皇上現今如何了？」

5

連日大雨，放晴卻也只在轉瞬間。天空湛藍如洗，陽光下的奉天殿朱牆金瓦，白玉石階層層低伏於殿下，仿若無聲朝拜著這座雄渾大殿。

那個修竹一般的身影隻身立於殿前，堅毅的面龐仿若在陽光裡鍍了一層金輝，一身錦繡龍袍也奪不走他半分光芒。

階下將士皆不由自主地斂了氣息，明明是來逼宮的，此刻卻要牢記立場，才能克制住跪拜的衝動。微妙的氣氛在將士間層層傳遞，身居最前方的主帥也是面色一凜，更加仔細地端詳起那殿前之人。

面龐端正，目光悠遠，臨危而不亂，瀕臨絕境卻威儀不失，倒的確是萬中無一的人物。可是僅憑這些，他就配做皇帝了嗎？如果他配做皇帝，那我呢？我半生戎馬，立下赫赫戰功，當年哪位皇子有我一半的榮光？這個皇位，明明就該是我的！

燕王胸中起伏，眼中陡然射出烈焰般的光芒，焰尾直掃建文帝而去。「朱允炆，你身為人君，卻無德無能，下不能安民生，上不能慰先皇，如今窮途末路，身邊竟然落得無人追隨，你可知自省？」

燕王語音未落，建文帝即爆出一陣朗朗大笑，燕王面色一緊，正要喝止，卻見建文帝陡然收住笑聲，高聲說道：「逆賊朱棣，你過去數年幾度謀逆，朕念你是皇室宗親，不忍討伐，你卻變本加厲，勾結藩王舉兵謀反，朕如今兵敗至此無話可說，而你竟然敢於這先皇親建的奉天殿前信口雌黃、顛倒黑白，死後不怕無顏面見先皇嗎？」

最後一句似乎引起了燕王忌憚，他眸光不易察覺地一抖，緊接著又冷笑道：「先皇在天有靈，亦當後悔傳位於你，你若心中尚有先皇，便當著百官讓位於本王，本王亦會體恤你讓賢之德，許你一世太平。」

「四皇叔怎麼如此按捺不住，這麼快就說出心中所盼了？」建文帝悠悠冷笑道，「可惜先皇遺命難違，朕在世一天就一天是大明的皇帝，四皇叔若想如願，便只有弒君篡位這一條路！不過厚顏如四皇叔，想必也不怕永世擔著這亂臣賊子的罵名吧？」說完又是一陣大笑。

燕王氣極，無心再逞口舌之快，冷冷下令道：「把那妃子帶來！」

笑聲戛然而止，便是在這一刻。燕王立即捕捉到這變化，悠然笑道：「聽聞皇上有位極喜愛的妃子，前幾日逃出宮去了，本王體恤皇上相思心切，特命人替皇上找了回來。」

話落，羅妃被兩名侍女從陣後軟轎上押出，一路帶至白玉石階下。她的額前垂落一縷細髮，玉簪上一點朱紅襯得面色格外蒼白，一雙眼睛卻仍清澈水亮，對上建文帝視線，波光瀲灩中盛進一絲笑意。

你是這樣耀眼，哪怕隻身面對一眾叛軍，卻仍高貴得像一輪太陽，和你相比，他們全都如同卑賤的螻蟻。

建文帝眼中飛速掠過一絲驚訝，不過轉瞬也露出和羅妃一樣的笑容。

你來了，你終究還是回來了。

「皇上請看仔細，」燕王手按佩刀走到羅妃身邊，「此女自稱皇上寵妃，本王不知真假，還請皇上明辨。」說著手邊毫無預兆地寒光一閃，佩刀已緊貼羅妃頸項，「如若有假，本王這就治她欺君之罪，將其就地正法。」

刀刃森森，在陽光下反射著刺目的白光。建文帝閉了閉眼，似乎眼睛被那白光灼得有些痛。

朕曾願以此生之力給你舉世無雙的榮耀，然而此刻，卻連從那刀下護你平安的力量都沒有了。

光暈下的鎧甲終於有了鬆動。

「愛妃可還記得，朕與你有個遁世之約？」建文帝平和地說道，彷彿忽然一眾叛軍都已從他眼前消失，「朕不做皇上，你也不是妃子，你我攜手同遊，做一對神仙美眷。」

羅妃眼中有淚光閃爍，笑著說：「臣妾當然記得，臣妾此番去而復返，正是為了來赴皇上之約。」人間黃泉，此約不忘。

燕王的刀鬆了鬆，柔聲笑道：「皇上與娘娘情深意切，本王甚是感動，只是皇上既有此等天人志趣，又何必貪戀世俗權柄？就此退位豈不正好？」

建文帝如同沒聽見他的話一樣，目光一瞬也未曾離開羅妃。「君無戲言，朕既答應了愛妃，就必定赴約，只是今生你我緣分已盡，此約唯有來世再續，愛妃可願意？」

「臣妾願意，」羅妃淚眼含笑地說，「今生來世，臣妾都記著皇上的約定，請皇上看好這枚玉簪，」說著拔下頭上玉簪舉至眼前，「茫茫人海，相見不相知，來世我們就以簪為憑，彼此相認。臣妾今日先走一步！」

話音未落，玉手飛揚，燕王阻止未及，簪尖已深深刺入頸項。一線朱紅慢慢流出，順著指縫滴落在地，侍女驚慌失措，急忙扶住羅妃向後軟倒的身體，只是身體可以扶住，慢慢流走的生命氣息卻是任誰也攔不住。羅妃唇角帶笑，用盡最後一絲生氣奮力拔出簪子，一股鮮血噴薄而出，遠遠飛濺在白玉石階上，陽光下紅白相間，怵目驚心。

燕王持刀的手還沒有放下，他驚愕地看向染紅的石階，又看向羅妃，變故來得太突然，沙場上見慣生死的他，這一瞬竟然為眼前這個女子的死感到驚慌。以她要脅他退位的計策還沒完成，誰允許她自盡的？！燕王有幾分不知所措地看向建文帝，竟然驚恐地從建文帝臉上看到含意不明的笑。那笑慢慢發出了聲，緊接著變成朗朗大笑，那笑聲有如一陣無形的光，散發出直指人心的穿透力。

詭異的氣氛再次在階下將士間擴散，士兵們一個個斂息而立，一時間竟然不知自己的主帥是贏是輸。

6

憤怒的火舌，怪獸一般舔舐著奉天殿，滾滾黑煙盤橫在大殿上空，慢慢升入雲霄，帶走這座大殿曾經有過的耀眼與榮光。

火光炙烤得人臉頰發痛，新上任的大內總管李公公側了側臉，突然又意識到皇上尚且巍然不動，又急忙把臉轉了回來。這位新皇不比先帝隨和，哦，不，先前那位，是連「先帝」都不能稱的，皇上把「建文」這個年號都從史官那裡抹了去，自認繼承的是太祖皇帝的皇位，這樣也便沒有了弒君篡位這一說。

想到「弒君篡位」，李公公又陡然一陣心虛，忙拿眼角瞄了瞄皇上，見皇上仍盯著火勢發愣，這才暗鬆了口氣，提醒自己以後再不可亂想。這位新皇脾氣難捉摸得很，偏又生具一雙銳眼，能洞察人心。

「李公公。」皇上突然喚道。

李公公心下一驚，剛退下去的虛汗又浮了上來，忙應道：「皇上。」

「把那枚簪子送到地牢裡去，記住，親手交給那個人。」

李公公聽清了，可是沒聽懂。「皇上說的，可是那枚點朱桃花簪？」

皇上又不說話了，李公公以為皇上怪自己多嘴，急忙小心應了領命而去，一面又越發覺得皇上脾氣古怪。既然恨得要命，卻又不殺那個人，現在又把他最愛妃子的遺物送過去，這是圖的什麼呢？

「朕圖的，就是讓他活著比死了更難受。」永樂帝悠悠地說。

李公公急忙跪倒在地，嚇得連句話也說不出。皇上卻似乎心情不錯，笑吟吟地叫他起來。

「你說，和一輩子睹物思人的痛苦相比，殺了他是不是太便宜他？」

李公公連聲應是，眼前明明是烈烈火光，心裡卻滾過無邊寒意。

皇上盯著前方幾欲燃盡的大殿，眼中亦燃著熊熊火光。

「他們想來生再見，朕偏要他們天人永隔！」

高寶書版集團
gobooks.com.tw

YH 009
我的妄想症男友〈下〉

作　　者　葉子
責任編輯　林子鈺
封面設計　陳采瑩
內頁排版　賴姵均
企　　劃　鍾惠鈞

發 行 人　朱凱蕾
出　　版　英屬維京群島商高寶國際有限公司台灣分公司
　　　　　Global Group Holdings, Ltd.
地　　址　台北市內湖區洲子街88號3樓
網　　址　gobooks.com.tw
電　　話　(02) 27992788
電　　郵　readers@gobooks.com.tw（讀者服務部）
　　　　　pr@gobooks.com.tw（公關諮詢部）
傳　　真　出版部(02) 27990909　行銷部 (02) 27993088
郵政劃撥　19394552
戶　　名　英屬維京群島商高寶國際有限公司台灣分公司
發　　行　英屬維京群島商高寶國際有限公司台灣分公司
初　　版　2020年4月

國家圖書館出版品預行編目(CIP)資料

我的妄想症男友／葉子著; -- 初版. -- 臺北市：
高寶國際出版：高寶國際發行, 2020.04
　　面；　公分. --

ISBN 978-986-361-824-9（下冊：平裝）

857.7　　　　109002495